心花集

姜琍敏 著

中国书籍文学馆·轻散文卷

图书在版编目（CIP）数据

心花集/姜琍敏著.—北京：中国书籍出版社，2013.5
ISBN 978-7-5068-3477-3

Ⅰ．①心… Ⅱ．①姜… Ⅲ．①散文集－中国－当代 Ⅳ．① I267

中国版本图书馆 CIP 数据核字（2013）第 082210 号

心花集

姜琍敏　著

策划编辑	武　斌　陈　武
责任编辑	武　斌
责任印制	孙马飞　马　芝
出版发行	中国书籍出版社
地　　址	北京市丰台区三路居路 97 号（邮编：100073）
电　　话	（010）52257143（总编室）（010）52257153（发行部）
电子邮箱	chinabp@vip.sina.com
经　　销	全国新华书店
印　　刷	北京中华儿女印刷厂
开　　本	640 毫米 ×960 毫米 1/16
字　　数	200 千字
印　　张	16
版　　次	2013 年 9 月第 1 版　2019 年 4 月第 2 次印刷
书　　号	ISBN 978-7-5068-3477-3
定　　价	42.00 元

版权所有　翻印必究

总　序

人们感慨于生活压力越来越大、感慨于各种诱惑越来越多、感慨于被林林总总的大部头和眼花缭乱的图文书搞得不知所措时，我们精心打造的"轻散文"系列丛书，和广大读者见面了。

这既是一种全新的文体，也是一种全新的阅读方式。

我们所探索的"轻散文"，包括短而精美，轻而隽永；也包括回归自然，回归质朴。简单说，就是写自己日常的生活，写自己内心的感受。对所见所感如实呈现，对所思所想真诚相告。并希望，在人们对当下生活渐感浮躁和麻木的时候，能够发现生活的新奇和诗意，发现周围的平淡和美丽。这种写作的价值，事实上是散文文本的一种尝试，也是倡导一种新的写作姿态，即，精短而真实，亲切而和谐，自觉降低观察生活的视点，呈现那些很少被人关注或者未曾发现的视阈，在快节奏的现代生活中，仔细并缓慢地品咂日常凡俗的美感和复杂，品咂生活的温润和愉悦，安抚当下人凌乱而无处寄托的情思，表达出对生命的尊重，对生活的礼赞，重新回到崇尚真实、体悟自身存在的散文传统，以改变当下散文的浮躁和矫饰。同时，也切合阅读者内心的感受，不知不觉中，和作者进行文本的互动和心灵的沟通。

不可否认，"文化散文"、"学者散文"、"历史散文"等所谓的"大散文"，推动了散文的复兴和发展。但是，现代散文的发展和流变，从来都是多元并进才枝繁叶茂的。"轻散文"概念的提出和实践，可以看作是对传统生活类散文的回归和创新。周作人的平和冲淡，梁实秋的"雅舍小品"、俞平伯的委婉清丽、林语堂的活泼幽默、孙犁的"芸斋"散札，皆可视为"轻散文"的前辈经典。孙犁说："我仍以为，所谓美，在于朴素自然，以文章而论，则当重视真情实感，修辞语法。"

所以，我们推出的这套"轻散文"，就不仅仅是追求文章的精美和短小，更是文风和理念的革命：文虽短小，意趣不小，有精神的见解，有优美的意境，有清新隽永的文采，更折射出时代的风貌和社会的深意。

这套"轻散文"读本，适合日常的阅读。无论你是学生，还是上班族；无论你是小资，还是蓝领；无论你从事什么样的职业，都能从书中发现自己的身影，找到阅读的乐趣和情感的依托。

编　者

从生活的结束处开始

汪 政

早就想为姜琍敏的创作写点文章。认识这么多年,书架上插了那么一长溜他的作品,人家这么多这么好的东西送你,却一点回赠没有,心里还真觉得有些失礼和亏欠。

不过,真要写了,却又不知从哪儿写起。姜琍敏的创作实在太丰富了,朋友多年,来一本读一本,一本一本地读过去,亲切,自然,自在。这样的阅读已经如同居家的日常生活一般,有心而又无心。许多的话好像都已经说了,若要细论,竟有相逢无一语的感觉。在我的印象中,姜琍敏是一个在文学上不太张扬的人,默默地写是他唯一的文学动作。也正因为这样的勤勉与低调,才使他有了如此惊人的创作量。在文学理想上,他是一个偏于传统现实主义的人,这可能与他青少年时期的文学阅读与文学启蒙有关,当然,也与他这一代人的生命历程与人生感悟有关。他的小说创作,虽然几乎横贯新时期文学几十年,历经各种文学潮流,但却少有时风的影响。这不是说他的创作能置于时代之外,而是说他总是不急不躁,将别人的思想、外面的风潮慢慢地琢磨,沉潜,消化，积淀，然后化为自己的手笔，并且统摄在自己的文学理想与实践之中。姜琍敏的文学是为人生的，是与社会和现实相呼吸的，是试图为人心存照的。九十年代初，他的《多伊在中国》甫一发表即引起关注。这部作品从题材上说明了姜琍敏的创作与现实生活的距离，他的敏感，他的快捷，他的思考。即使现在再去读这部作品，还依然能感受到作家得风气之先和他对中国经济与社会生活的剖析之深，体会到他对变革时期人们心态变化的观察之深。其实，故事并不铺陈，结构也不复杂，但是许多宏大的主题，东西方文化的冲突与融合，传统伦理的现代转型等等似乎都在作家的把控之中。而《女人的宗教》《喜欢》等则近乎心理分析式的作品，体现了姜琍敏刻画人物，特别是体察人心的能力。姜琍敏这代作家，对社会的认识，对生活逻辑的理解实际上在几十年前就基本上形成。这样的代际背景、思想资源与文化性格在面对这几十年的社会巨变，特别是要以文学的方式来处理时，可以说是一把双刃剑，就看具体的创作者怎么使唤了。有的人可能始终呆在自己的那前几十年里出不来，他们或只写自己那代的人与事，或对现实只存不解与怨怼。但也有通脱者，能将自己的阅历、背景与认知作为参照，恰可以拉开距离看出历史的变化与世事的播迁，如黑白对比般鲜明。姜琍敏正是这样的智者。这些作品虽然立足时代，却从社会的神经末梢入手，潜伏到人物的灵魂深处，写出不同阶层、不同性别、不同身份与地位的人物的心灵史，他们的欲望、本能和畸变。姜琍敏如同一个高明的外科医生，下刀稳而准，经他之手，那深藏的病灶几下子便呈现出来，让人不得不叹服作者的老辣甚至"残忍"。

  姜琍敏长期从事文学期刊的编辑工作，这一职业使他须臾不能忘记读者，他们是他的上帝。这样的态度必然体现在他的创作中。他知道读者们喜欢怎样的作品，他知道更多的读者，同情普通读者的审美趣味。姜琍敏对小说传统有精深的研究，对小说这一带着世俗印记的文体的文化属性了如指掌。说得白一点，好看是对小说起码的要求，在这方面，姜琍敏是下了大力气的。千万不能说好看是小说的低级性状。相反，在一个现实常常超出了文学的想象，资讯发达天下怪事第一时间就能传遍世界的时代，在影像叙事不断增强刺激度的今天，讲好一个拖得住读者的故事还真不是件容易的事。我从读者的反馈中知道，他们喜欢姜琍敏的小说。像《黑血》《漫长的惊悚》等作品不但读者喜欢，即使我们这样的成天操弄批评只顾搜寻微言大义的人也不得不要换一个角度来讨论，老姜的故事是哪里来的？比如《漫长的惊悚》，一个看上去普通的男女情爱，怎么就会在几十年的绵延中藏得住那么大、那么多的秘密？明处的人物与暗处的人物如何在自然而然的状态下那么天衣无缝地"合作"着他们的故事？作者又如何面对和安排真相被揭明的那一刻？我们又该如何重新推想另一种叙述，假设一切本不该如此？这样的小说阅读后的智力游戏我想人们好多年不常做了，而这，大概是一个小说家所期待和得意的吧？真正的小说应该存活于作家与读者的互动之中的。

姜琍敏不仅多产，而且多面。他不但在小说上跑马圈地，而且在散文创作中也颇多建树。汪曾祺曾经说过，一个作家的最高理想是成为一个文体家。这句话的含义非常丰富，从大了说是自创新体，开一代文风。也可以说是一个作家建立了自己的文体意识。他知道文体的性格，文体的特征，文体的目标与功能，知道如何与不同的文体相处，更知道自己的心性与文体的关系。能做什么，不能做什么，能做好什么。我没有与姜琍敏讨论过类似的问题，也不敢贸然说他是个文体家，但依我的判断，他是一位具有自觉的文体意识的作家。因为我在小说与散文之中，看到了不同的姜琍敏。

在姜琍敏那里，小说是向外的，是为别人的，也是言说人间世事甚至天下大势的。但散文不同，散文在他那里，可以向外，但更可以向内，是为别人的，但也可以为自己，既可以观风俗，论时事，但更可以说人情，道心事，叙讲开门七件事，玩一玩风花雪月，它是"我"的，也是自由的。如果要对姜琍敏的散文特色作一个概括的话，我以为或

序言

可用智慧风貌而论之。因此我特别向读者推荐这本集子中的"禅意人生"部分,它可能包含了姜琍敏散文的秘密,也是打开作者散文之门的钥匙。禅意人生是说禅的,在姜氏禅学里,禅是一种态度、关系和方法。它的精义在于从现象处去参悟。佛无处不在,所谓一花一世界,一木一天地。它更主张佛就在我们的心中,每个人都有得道悟性的机会和权利。参禅悟道不是做学问,它可以不涉理路,不落言筌,它是人与佛性的相遇,是一种状态与境界。所以,禅是彼岸的,但更是此岸的,是超越的,但又是世俗的,是与我们每一天的生活相联系的。因此,姜琍敏说禅时,固然也出入典籍,和我们一起重温《五灯会元》《景德传灯录》《续传灯录》《祖堂集》《临济语录》等佛教史著作以及大量的类书笔记中的经典典故,体会醍醐灌顶、当头棒喝的境界与哲思,但更重视禅在现代生活中的状态以及与我们的关系。禅不仅在寺庙,也不仅在僧人,它同时就在我们身边,是我们应该拥有的生存智慧,是我们对待生活的一种态度,和我们应对生活中许多难题的方法。姜琍敏的禅是"现代的禅"。所以,他说,"咱老百姓能顺应本性,尽可能平常、善良地过一份安稳日子,就是天大的福分,就是'道'了"(《道在树上?》)。他问到,"生活中处处存在着如此精深的禅理,为什么我们总是视而不见,却痴痴地到处寻求、膜拜什么'拂子'呢?"(《为何不赞叹》)当然,既然是一种方法与态度,既然禅家亦可诃佛骂祖,因此,对禅的世界观、禅的历史遗产也不是不可以反思与批判,而且,这可能更近于禅的本质。所以,我尤其欣赏姜琍敏的入室操戈、反出山门,那些与禅宗的祖师爷"叫板"的文字,比如我们该如何看待我们的心理感受,我们真的需要什么都放下吗?我们又该如何对待自己的肉身,包括生与死?禅是为了安顿个体,安顿日常的生活,并且使生活获得意义的,如果不敢面对,而皆掩面逃去,要禅何用……

我们这里不是要与姜琍敏一起参禅,而是在讨论他的散文精神。这种精神就是智慧,就是从生活出发,反过来解释生活。古人讲,太上立德，其次立功，其次立言。张载的横渠四句说"为天地立心，为生民立命，为往圣继绝学，为万世开太平"。韩愈主张文以载道。我以为都可以用来说文学，说散文。文学也是一种立言，立什么言？就是给生活以说法，给生活以意义；天地无言，但文章一出，它们就有了"心"，所谓心也就是使山川草木、人间百事都获得了解释；凡人懵懂，"立命"也就是为普通人的生命找寻价值，这些都是文之道。所以，生活的结束，就是文学的开始。我们看姜琍敏的散文，他所耳闻目睹的我们没有经历过吗？巴黎的超市，罗马的街道，我们没去过吗？街边的瓜摊，桥洞中的寄居者，我们也见到过，我们也常常打电话时拨错号码，也时时丢三落四，也怕理发，怕搬家，但我们更多的时候也就止于此而已。每天每日，有多少类似的事情与场景与我们擦肩而过？至于它们的背后是什么，它们与什么有着隐秘的联系，会给我们怎样的启示，我们却疏于思考。姜琍敏通过他的写作告诉我们，我们应该再向前一步的，也就这一步之遥，我们竟能海阔天空，我们成了"会思想的芦苇"。姜琍敏有文《叫我如何不执著》，虽是说自己，但我们也不妨多"执著"一下。

好的作品就是这样，它不仅给我们愉快，更给我们启迪，让我们更好地生活。

祝贺琍敏新著的出版，也感谢他给我这么好的谈谈他创作的机会。但纸上得来终觉浅，还是找机会坐下来说得痛快。

何时一樽酒，重与细论文，在此与琍敏郑重一约。

（作者汪政系著名理论家、江苏作协党组成员、创研室主任）

[第一辑：心潮逐浪]

003 / 痛苦着是美丽的
005 / 美丽着是痛苦的
007 / 开卷有益
010 / 我那卖报的老父亲
013 / 也许我们只有理解的权利
016 / 我的旅行乐趣
025 / 菜市采风
027 / 车站俯瞰
029 / 黄昏
031 / 正面
033 / 我是一个人
035 / 揣摸幸福

037 / 中年之收获
039 / 面对囚徒
041 / 我的"纸盒"还在吗？
043 / 读书季节
045 / 天堂到地狱有多远？
048 / 雁何往
050 / 以生命的名义，敬礼
052 / 酒话
054 / 巨星之光
057 / 浪漫与现实
059 / 想象力

[第二辑：静夜听风]

065 / "大佬"
067 / "漂泊"的老者
069 / 到底不一样
071 / 我会记得你
073 / 拯救黑猫"无良"
075 / 板桥怀古
079 / 回眸那拉提
081 / 第 N 个吃河豚的人
085 / 静夜听风
087 / 姜堰与姜氏
090 / 闲操心
092 / 生命意志
094 / 生命之珠

[第三辑：禅意人生]

099 / 春在哪里？
101 / 便逐东风又何妨
104 / "尼姑原是女人作"
107 / "生无恋 死无畏"
110 / 沉默是金？
113 / 春色恼人眠不得
115 / 到底谁"狂"？
118 / 道理过剩
120 / 佛祖也骗人？
122 / 呵佛骂祖
124 / 艰难的任性
127 / 江上数峰青
129 / 叫我如何不执著
131 / 可惜呀，那桶面
134 / 可意会而不可言传

137 / 奈何闲事挂心头
139 / 你就没个身体在？
141 / 山高哪碍野云飞
144 / 什么都不是
146 / 顺风使帆心自宽
148 / 跳得出来是好手
151 / 为何不赞叹
153 / 未知生，却知死
156 / 文明之累
159 / 吾即宝藏
162 / 闲来有事
165 / 有偈便好
167 / 有知者无畏
170 / 斩得钉 截得铁

[第四辑：浮生片片]

175 / 孤独
177 / 幸福
180 / 获得
182 / 锻炼者说
184 / 对不起，我的小狗
187 / 家
189 / 酸曲儿
191 / "三国"城外望
206 / 可笑的笑
207 / 骄傲一把
209 / 镜子告诉我们什么
211 / 想当然耳
213 / 吃名牌
215 / 风景里的人
217 / 碧海青天夜夜心
219 / 建筑与被"建筑"的
222 / 流浪犬与哲学
224 / 午夜
226 / 香蕉及皮
228 / 小黄
231 / 小有小的乐子
233 / 天上掉高帽
235 / 过下邳
237 / 看火车
239 / 苏州面

第一辑
心潮逐浪

痛苦着是美丽的

痛苦是上帝赐予人类的第一笔财富和最后一次体恤。

奋力来到世间的婴儿总是以呱呱啼哭来告别子宫的温暖、迎接人世的光明；垂垂老去的每一个人总是以满腹怅伤向人间的晚霞投去最后的眷恋——或许只有这样，降生于新世界的生命才不至于感到陌生与孤独。

诞生是幸福的。然而它必得与痛苦结伴而行。

死亡是痛苦的。然而它昭示着生命的美丽。

痛苦是美丽的，因为它原是一切幸福的镜子。

没有在冰天雪地中踯躅过的人，怎会感到暖室羽衾的舒坦？不曾经过饥肠辘辘的煎迫，怎么会觉得"糠也甜"？没有几度三番的宵虑旰思，焉得那一份大彻大悟的释然开怀？

这还只是问题的一个方面。如同世上没有无缘无故的爱与恨一样，世上也不会有无缘无故的痛苦。痛苦着意味着我们在生存着，痛苦着意味着我们在积聚着，痛苦着意味着我们在探索着，痛苦着意味着一颗种子已经在土中萌动——哪一株茎蔓不是生机碧绿的，哪一种果实不是鲜艳美丽的？

第一辑
心潮逐浪

痛苦着之所以是美丽的，只因为它是幸福的通行证。孕妇的阵痛是男人不可思议的，所以男人永远也得不到哺乳着新生命的那一份陶醉；哲人的痛苦是凡人不可企及的，所以凡人的嘴角也永远浮不起破译宇宙的那一份快感。

大师说，人生有如吃一串葡萄。没错，先吃甜的意味着将有一番痛苦在后头；先吃酸的则意味着将有一番幸福在等着你。然而人生又不似吃葡萄，谁也别想只吃甜的弃掉酸的；或迟或早那一串五味俱陈的果实都要进入你的五脏六腑。

而如果将美丽视作一串葡萄，痛苦无疑是那些小而相对酸些的，幸福是那些大而相对甜些的，谁能因为吃到几颗酸葡萄，就说葡萄不再美丽了呢？是的，完全可以说我是在美化痛苦：难道我们的人生痛苦还少吗？难道我们来到这个世界上不是为了寻求幸福而是为了享受痛苦吗？

事实上，痛苦是美化不了的，我也决无享受痛苦的癖好。只不过这世界的一个基本定律就是寻求幸福必须首先接受痛苦。因为它俩是一对不可分割的连体儿。既然如此，既然我们的痛苦是如此之多，何妨干脆张开我们的双臂去与之相拥？恰恰因为我们不再畏惧痛苦，痛苦的消减才成为可能——别忘了，心境的安宁与坦然，乃是我们最最难得的一份幸福啊！

所以，我想再一次对自己说：痛苦着是美丽的。

美丽着是痛苦的

这个命题本应是悖谬的。美丽是多数人可望不可及的理想境界；美丽带来幸福和自信，带来愉悦和满足，更比一般人容易得多地获得成功的可能，美丽着岂不就是幸福着的同义语吗？

这当然是不错的。然而现实生活却时时不断地提示我们：从某种角度看，美丽着又确是痛苦的，而且是一般人所无法体验的那种切肤之痛。随便问一下某位公认的美丽姑娘吧，我想她只要不太虚伪，顶多沉吟片刻，都将肃然敛容，对你无言地点一点头。

生活中此类例证更是比比皆是。比如按常理推断，最爱打扮自己、拼命美容以强化自己青春的，本应是相貌平平或者苍老憔悴者吧，然而事实往往正好相反，大把大把掷钱于美容院或时装店、每天出门前至少在衣镜前扭摆上三十分钟、随时随地近乎神经质地取出面小镜往本已如花似玉的脸上涂上几下的，首推那些天生丽质人见人爱的妙龄女子——似乎是与生俱来的、无时无刻不在的对她们的艳羡、夸奖、赞赏、阿谀、恭维、谄媚固然极大地满足着她们的虚荣心，却也旋风般裹着她们因此而越益脆弱的神经和越益高昂的满足值，使她们的心灵不由自主地漩起一个越转越深越来越难以填满的欲涡，潜意识中对红颜易老的恐惧又从内向外挤迫不已，她们除了更加拼命地打扮自己，还能有什么更好的办法来抚慰自己患得患失的痛苦呢？

当然，这种痛苦是秘而不宣的，有时甚至是不自觉的。美丽着的痛苦最易为常人所理解的，自然是那句大家耳熟能详的"红颜薄命"……

其实这都还不算是最痛苦的。这些可说是美丽着的人理所当然应付出的开支。最大的痛苦莫过于一旦失却美丽的那种曾经沧海难为水的无奈、惆怅、沮丧和那种红颜不再且永远无可挽回的失落——比较起从未如此过的人而言，这种痛苦可说是深入骨髓。美丽着的人生犹如是只能以一种方式吃葡萄的人，她们必须先从大的甜的先吃起，于是越吃越酸；更由于先前的葡萄太甜，后面的即便不怎么差，但只要稍为不那么甜，也会由于习惯了甜味的胃口和心理的反抗而觉苦涩不堪。她们比一般人更渴望越吃越甜，而命运却偏让他们越吃越酸！

对了，我说"她们"实际上是不准确的。美丽着的绝不只是女士们，虽然我们通常只称先生们为帅气、英俊或酷；实质是一回事，虽然通常先生们并不主要靠美丽与否来获取自信和成功。引而申之，美丽着其实决不仅仅指外貌。举凡大红大紫如流行歌星、大艳大发如暴发户、大富大贵如名流富豪者流，都可算得上我们生活中的佼佼者亦即"美丽"者——他们同样无法躲避患得患失等等痛苦；而如果他们的成功并非来自扎扎实实的内涵，那么他们的"红颜"肯定也将是短暂的，有朝一日他们的切肤之痛恐怕也是无可避免的了。

美丽着是痛苦的。丑陋着决非便是幸福的。痛苦与幸福原是我们每一个人的人生双翼，只不过美丽着的人的痛苦被他们头上的五彩光环虚掩着，以致我们常常误以为他们仅以一只幸福的羽翼便可如天使般潇洒地翱翔呢！

开卷有益

如果说，世上有什么至理名言的话，那"开卷有益"就是其中的一条。当然这是就整体而言。具体到每个人，是否有益则要取决于他读什么和怎么读书。而一个人读不读书，读什么书，如何读书，无论就哪一方面讲，都决定了人与人之间泾渭分明的质的分野。就我个人而言，如果将家庭烙印、学校教育、社会影响视为铸就我之基本人格的"水泥、黄沙、石子"，那么，读书就是使这一切成为"混凝土"所不可或缺的"水"。

不算夸张地说，此生我读过的书可谓车载斗量，且相当部分是在少年时期完成的。至于内容，则主要是所谓正统的中外文学、社科类作品。迄今为止我从未读过一本武侠或港台式言情小说，而这些则可谓我那正上初中的儿子这辈人的首选读物。由此可见时代和环境对人的阅读口味有着多大的影响。在我的少年时代是没有这类书可读的，现在大大的有了，但我已无法接受。我总是偏执地认为那些只是读物而非书。不管怎样，书对成人的作用可以表述为细雨润无声，主要是潜移默化的陶冶；对成长着的人来说，那种影响是简直可以用刀刻斧镂来形容。而就前者而言，书对性格、思维成熟独立的人有时起到的仅是一哂甚或反被嗤之以鼻的作用。但对后者而言，书的影响则几乎总是单方面的，不可抗拒而决定性的。

由于父亲是大学教师，又做过未竟的作家梦，家庭影响使我尚幼时就已识字并一本正经地读起书来。这就有了第一部对我此生产生启蒙意义的书——小学一年级时，我靠着字典和请教读完了此生所读的第一部长篇小说《苦菜花》。此书本身对我并无太大影响，但却如此强烈地左右了我的人生观；可以说我的作家梦就是冯德英塞给我的。当然还有我的父亲。他告诉我，作者冯德英是我们山东人的骄傲，更是我们的骄傲，因为我们与他同为山东乳山县冯家集人！一个作家不仅能荣耀其自身，还能荣耀其家族、乡亲甚至国家？我幼小心灵植下对作家的崇拜与渴望并就此成了不折不扣的书迷。整个小学期间我读过的小说难以计数。而到现在，所有对我同代人产生巨大影响的作家我几乎都与他们神交过——高尔基、普希金、果戈理、狄更斯；罗贯中、施耐庵、鲁迅、巴金、曹禺、茅盾……他们对我的影响少时似乎并未显现多少，倒是极大地影响了父亲。他几乎是恐惧地从到处为我借书转而为搜书、藏书、禁读一切课外书，因为他担心我会成为狂人。事实上我已经成了书狂，嗜书令我废寝忘食、面黄肌瘦，不知有汉，无论魏晋。禁书的唯一成果是我像时下最狂热的古董迷们一样求爹爹告奶奶地四处偷偷找书看，把一切可交换的东西与人换书看，悄悄躲在别人身后蹭书看——五年级时我被一个高年级生揍了个鼻青脸肿，因为我以看完请他吃20根油条的代价借了本《不体面的美国人》，还时却迟迟无力兑现承诺……初中三年里因为没其他书可读，我一字不拉地读过毛选四卷及《家庭医学手册》。其结果是我成了个满口毛泽东军事思想的"马谡"和一个疑病症患者。

纵观此生，对我产生过重大影响的书还有不少，《钢铁是怎样炼成的》曾让我真诚地挥泪赌誓为共产主义奋斗。《红与黑》则在诱我努力爬向社会上层的同时多少添了些自信多了些狡诈……然而回顾之余我却也发现，若论书对人的影响，无疑是绝对的，但这种影响却更是因人而异的。而且它根本还要通过受影响者起到作用。读书是一种过程，某本书给人的影响无论是正、负面的，仍将在读书中或消或化；一概而论或夸大书本的影响力未必站得住脚。而且根据我之个人经验，书对人的影响力主要产生于其最具可塑性的青少年期，所以我一向如多数人一样相信，一个人尤其是青少年，读不读书、读什么书对他的一生是至关紧要的，故不可不慎之。然而随着社会的剧烈变革，我的这种观念显然已失去市场。如我的儿子辈，我现在亦常如我的父亲般为他过于痴迷于"书"而担忧。但他所"读"的内容和范围已与我的少年阅读有了多大的差异呵！除了上述的金庸类及郑渊洁、秦文君的一些少儿读物，我那个时代所推崇的浩瀚文学名著已难进入他们的视野了。造星刊物、情色充斥的卡通、体育杂志、星相读物、普及电脑知识的《大众软件》甚至上网冲浪成了他们的最爱。课业重时间紧当然是主因，时尚的缤纷与环境的宽容才是他们阅读口味变化的根本。这种状况对这一辈青少年的成长究竟利耶弊耶？我还没有保守到不可理解的地步。但坦率地说，如果一个民族或一代人，就此抛弃或淡漠了文学和社科类著作，起码不是个令人欣慰的前景。据悉教育部因此而给中学生制订出一个包含大量中外文学名著的选读书单。不少家长也为孩子选购，但动机多半是觉得这可能成为考试的内容。而孩子们有多少人会静下心来读这类书，我是怀疑的。即便他们有兴趣读，每天做作业到近11点的现实，又在多大程度上能支持他们的热情？

无论如何，就我个人而言，都将永远喜欢读书也必须读书。这是由今天这个人格比较定型了的我所决定了的。实际上，即便对任何人而言，读书终究是人生之难以替代的一大快事，哪怕仅仅是为了消遣。虽然书中看来是越来越不会有黄金屋了，但它充实人生、涤冶心灵之功却是永不会消减的。读书本身就是意义，就是一种值得追求的生活方式。

我那卖报的老父亲

如果你在马路上，偶遇一辆电单车，车后架上是一捆报纸，左冲右突地掠过你车头，请不要见气。骑车人已是古稀老者。他不得不骑得飞快的原因，在于他车后架上那捆刚批来的报纸。他要赶紧回去分发、零售，一份份送进订报户信箱。紧接着，还要再去取下一批——不同的报刊到得有早有晚。他便掐准时间，到一批取一批，取一批，卖一批。年年如此，天天如此。风雨无阻，雷打不动。所以，与其说他是个开书店的，不如说他是卖报的，与其说他是卖报的，不如说他是送报的。

这老者是我的父亲。倔强、勤劳、一刻也闲不下来的父亲。

父亲退休后并不缺钱花，却在小区里开了个小书店。进、销、送，基本独自操劳。书卖不动，就出租，租也租不动了，就盯住报刊做。但父亲这种做法实在太辛苦。明明有人统一代送报刊，但那到得晚，还要付他报酬。父亲总是骑车自取。夏日的高温有时超过40度，他照骑不误。冬天的风雨有时把他浇个透湿，他一声不哼。去年骑不动车了，这才换了辆最低档的电单车。父亲卖报最磨人处在于他还代订代送报刊。因此一年365天，一天也歇不下来。但凡是人，谁没个伤风病痛的时候？父亲原有高血压，心脏也不太好，却硬是日复一日地顶了下来。而且，无论我怎么劝，父亲决不雇人，只让弟弟和弟媳下班后和公休日搭一把手。我在外地帮不上忙，年年劝他别干了；他的同事、学生也都劝他罢手，他总是呵呵一笑：这样蛮好，又便利邻里，又充实自己。再干一年吧。可一年又一年，至今已将10年了。

父亲卖报，是他命运的选择，也是他性格的必然。10多年前的父亲，原是苏州大学的系总支书记、副教授。再前推，他还是47年参军的老干部，渡过江、打过仗、当过军代表。尔后调干读书、当讲师、兼教授；出过书、挨过批。基本经历和所有同时代的老干部没多少两样。所不同的是，别人退休后含饴弄孙、品茶读报或发挥余热兼这兼那的居多。而一头扎进报刊堆里叫卖起来的，大概只有他一个。所以我说，这是父亲性格的必然——以劳碌为荣，以刻苦自己为乐；事无贵贱之分且从不知享受为何物，是他的一大特征。早年的苏州报上，曾发过赞颂父亲为"保持工农本色的好干部"的文章。而这，或许是他的某种动力，却也成了我少时羞于对友伴提及父亲的原因。

印象中的父亲，头发早就白透了，一脸的温和，脸上总是笑眯眯的。但除了衣袋里插着的两支笔和下班时夹着的讲义夹，和现在得空时在报摊上戴着花镜读几行报，你没法从他身上找到更多大学教师或领导的斯文相。不修边幅，一年四季几乎从不见新衣服上身，是父亲的又一特色。少时曾有同学上我家，见父亲穿着土布工作服在院中挥汗拉锯，诧问道：原来你爸是木匠啊？

没错，父亲确曾堪称木匠。少时家中的一多半桌椅橱柜是父亲打的。除此之外，贫困年间的父亲还常年在大院中种拾边地、养鸡养鸭以贴补家用。心地善软的他，还养过好几只捡来的弃猫弃狗，并在水缸里养鲫鱼、养泥鳅；搬进楼房后，又摆弄了满满一阳台花草。也许因了这缘故，再加上心地坦然，劳动锻炼的结果吧，70多了，却仍然保持了身子和精神硬朗的父亲，还能把车子骑得飞飞的。

有年春节我回家,远远看见父亲在小区里急急穿行,送报纸上门。身上穿着的,是我汰换给他的皮外套。皮面上已磨出斑斑花痕,拦腰还束根布带子——我没有闪避,而是迎上去帮他送报。现在我早已不以父亲的外观或劳碌为耻了。相反,我为我勤劳一生的父亲骄傲。因为我早已为父,知道什么是人生的真谛。还因为我已明白,一个人是否活得有意义,是否体面或尊严,本质上与他穿什么或干什么没多少关系,而与他怎么干或取何生活态势有关。父亲的人生观是什么,他这一生是否幸福,我不敢妄测。但我敢说,他一定活得坦然而自信。而生命不息,劳动不止,自强不息而不尚虚荣地生活着,这样的人生不是最有价值的,至少也是值得自豪的。这样的人不是伟大的,至少也是可敬的。

也许我们只有理解的权利

若要论起为人父母者对自己孩子最大的期望是什么，毫无分歧的地方恐怕只有一点：成绩优秀、优秀、再优秀。而且在这点上，父母无一不比孩子更贪婪。无论他们当年自己是怎么读书来着，现在对孩子的要求都是第一第一再第一，门门第一，天天第一、永远把一切同学踩在脚底下！

当然这是潜意识，或者说是如同食色性也一样的贪欲本能，理智上也都知道这世上没人能臻此境地，嘴上也都会漂亮（却往往会不由自主地没了底气）地对孩子说几句不得第一不要紧，要紧的是保持认真学习的态度；成绩偶然落伍不要紧，要紧的是学习精神不能退步云云的安慰词。而事实上，一旦孩子成绩真的没满分，或者虽然分数过得去甚或还在班上名列前茅，但没超过95分，甚至竟比上回考试掉了一小块，那，你就等着吧——"循循善诱"或苦口婆心、横找原因或竖挖根源，总之这一番教育、批评甚至痛心疾首、怨天尤地的咆哮、呐喊直至重申个一二三四五六七条家规是怎么也免不了的。

因为我们是父母，因为孩子是理所当然的受教育者。因为我们希望孩子好，因为孩子的成绩下降是天底下最可怕最可恨最不能接受的挫折。哪怕我们自己的工作出了某种差错，哪怕我们账户上的股票又跌了很多，我们都可能潇洒地对自己说一声：人吃五谷杂粮，焉能不出点错？潮涨必有潮落，哪来只涨不跌的股票？至于劳作之余，节假日时，我们尽可以泡一壶香茶，磕一点瓜子，翘起那二郎腿，笃笃而悠悠地泡在那迷人的声光色前，哈哈开怀或唏嘘挥泪，破口大骂或拍断大腿。总之我们爱看什么就看什么，爱怎么看就怎么看。享用电视或者又叉麻将、甩甩扑克原是我们天经地义的休闲权嘛！至于孩子……嚆！你可得给老子争口气，你可得给老子考上个名牌大学——这便是我们的逻辑！

至于为什么会形成这种反差，其因想必都不会糊涂，所以我不想多说什么。想说说的倒是我自己，当我在这里发此宏论时，差不多就是在作一幅自画像。过去我从来就是那么对待孩子的，只是从不以为那有什么不太合适的地方。直到有一天，我突然从孩子的表现中悟到些什么——那晚我总觉得不太对头，平时放下碗就进屋作业的儿子，这晚却几次借故蹭来我身边。却又脸向着电视眼神漠然无绪地呆板，或者翻弄着报纸却一篇文章也没当真去看。我有些疑虑地问他是否有事，他总是欲言又止地回了屋里。夜半我进他房间，发现他仍在翻来覆去。天亮时一向睡不醒的他，居然一大早就爬了起来。问他为什么这么早，说是从此要格外勤奋苦读了……直到他背上书包将出门时，才显出副突然想起的模样来说：告诉你一个好消息——我数学考了一百分。

是吗？我却倏然紧张起来。经验告诉我，下面可能听到的，多半是个坏消息。果不其然，他的英语只得了84分，较上学期低了8分，而且，老师还在试卷上批了句"再这么下去你非毁了自己不可"——这就是他从昨夜至今坐立不安且选择这个时间、以这种方法向我告白的全部原因，而此时我的确已来不及向他进行长篇演说或狂吼乱喊了。

事实上，孩子这一招还真有效。他不在我无从跳起，更重要的是我得以冷静考虑一下此事的利害。英语成绩的确下降了，但数学不是很好吗？为什么老师不予表扬？他的批评也许是切实的，但那评语是否有点危言耸听？不仅要忍受自己的难受和老师的痛斥，还要忧虑家长的暴怒，多重的压力对一个孩子的心理是否过于残酷？联想到昨夜他的踌躇、忐忑和心事重重，毕竟还是个十来岁的孩子呵，那漫长的一夜对于他是否太黑暗了？再想下去，最想考好成绩的，难道不是孩子自己吗？同学间残酷的学分竞争已够累人，出一回稍逊的成绩真还该受到老师的苛评和父母额外的压力吗？如果说，我们或老师有望"子"成龙的权利，孩子们就没个得到理解和尊重的客观环境的权利吗？……

现在的孩子真苦。虽然他们普遍都穿得漂亮吃得好，但我仍常常从心深处感叹，他们活得实在是太苦太累了，因为他们最需要得到也本该很容易得到的东西却总是遥不可及……

这天孩子回来后，我破天荒没有发表训斥或"教育"他的演说。我在心里对自己说：你没有权利再火上浇油，因为你这一生中得过无数个84分乃至74分、64分。而且，即使是今后，除非他蓄意堕落或自暴自弃，你没有权利为他的人生制造新的压力。他的人生已经够枯燥够艰涩够无奈的了，宽容一点，尽可能替他想想吧……

然而，老实说吧，尽管那回我的确这么想也这么做了。但却并没能实践多久。一遇到类似情形，我多半仍会怒发冲冠，甚至跳得更高，只是过后总免不了懊悔一番，真不知我为什么非得这样。无疑我心中也有很大的压力、很多的苦衷需要宣泄。但这苦衷究竟是从何而来？又究竟成不成为我非得如此的理由？

你呢？你也是这样的吗？你也有与我相似的困惑吗？如果是，你能告诉我这是为什么、改变的出路在哪里吗？

我的旅行乐趣

旅游无疑是人生一大快事。它也像极了人生，预期比实际美好，过程比结果重要。其中充满了期待与憧憬、充满了好奇与满足，同时也不可避免地充满了疲惫与挫磨，充满了期望与现实的落差，甚至还有难以逆料的意外和纠讼。

不管怎么说，很少会有人不喜爱旅游，尤其是在时间和条件允许或干脆就是公费旅游前提下，得着个到一个神秘或未曾涉足的地方去观光、游玩的机会，恐怕没有人会为之皱上一下眉头。且不说读万卷书、行万里路是人生之大境，仅仅从满足审美和好奇心理，谁个会不乐意到哪儿去乐上一乐呢？何况它还休闲，还放松，还时尚，还探幽揽胜、调剂润滑我们枯燥而机械的人生哪！

所以，旅游事业便没遮没拦地、如火如荼般方兴未艾。所以，无论是煌煌都会还是偏远小镇，无论是名山大川还是幽幽古漠，到处飘拂起红红黄黄的小旗，到处攒动着昆虫般密集的游客。谁不知道旅游业是国民经济一个越来越强劲的经济增长点呢？哪个地方会不施出浑身解数来广为招揽呢？而且越古、越远、越穷、越僻的地方就越有号召力，因此也就越需要有人组织、有人引领或曰导游。

于是，绝大多数旅游者便也自然而然地成为了某某旅行团的一分子。绝大多数旅行团便也自然而然地形成了一套运转熟练的模式：某某线路双飞7日游，某某方向单飞、一卧或汽车8日游。至于住什么、吃如何，全陪还是半陪，还包括何等美妙而何等繁多的热门景点等等，都有详尽细致到小时的内容保证。总之，保证你在尽可能经济的时间和金钱付出前提下，获得尽可能多的"收获"。这样，自然而然地便让绝大多数旅游者心甘情愿地成了这一模式的套中人。

我这么说当然是有所指的，而且我也首先得承认，这种旅游方式之所以红火而越趋模式化，恰恰在于它符合大多数国人的一个基本出游心理——以尽可能少的金钱乃至时间的付出，逛（而非"赏"）尽可能多的景；看（而非"游"）尽可能多的地方；购尽可能多的便宜货；或拍尽可能多的足资供自我满足或向亲友炫耀的照片等等；以尽可能充分地满足自己的某种欲望（包括虚荣心）。总之，贪多、图便利（这一点也多么地与我们的人性相似呵），是这种模式化旅游得以风行的一个基本因子。比如出国游，早年我曾经参加过11天游四个国家的一个团，回来后大呼吃它不消。不料近年竟已有7天5国、9天8国这样"一日看尽长安花"式的线路出现，真不知道那些团员们是如何消受这赛马式的旅游的！

人们在这里分明进入了一个误区：似乎旅游和捞世界就是同义语，多就是好，满就是乐。至于疲乏、劳累则完全是应有之义。实际上，正如佛说"色即是空，空即是色"，多与少、满与亏在人生中从来就是相对的。上述那种"多"和"满"在我看来实际上是一种虚幻的满足而实质的亏欠。匆匆掠过十个地方，何如细细品味一个地方其内容来得丰富？何况你跑得再快再"多"，也决不可能穷尽这世界万分之一的美景。而品味而不是"看"某一个景点的实际内容，是远远多于那种方式的。更主要的是，这种模式化的旅游，尽管确有种种便利和益处，如安全的相对保障，食住行的不劳费神，经济与实惠等等，但它的最大弊端也就因此而生，即其太过整齐规范，乃至箝制了不同审美需求的空间，影响了个性的发挥。尤其是像我这号顶不习惯任何束缚，且以享受和休闲而非实惠为第一目的的游客，要适应这种节奏和模式，实在不是件愉快的事情。

这么说，我的立场已经很明确了。即我不喜欢甚至可说越来越讨厌这种模式化的走马看花、疲于奔命、自我折腾甚至可谓劳命伤财式的所谓旅游。

但是，我又常因职业便利而得着相当多的这类机会，又常因抗拒不了某些未曾到过的美丽风光的引诱（归根结底也还因为这些机会不需要我自己掏一个子儿），而多少有些悻悻然地加入过多个这样的团体而又多次饱尝失望与怨恚的滋味。放弃习惯的生活节奏倒是理所当然，但几乎完全失却自主，机械而被动地成为那些随着导游的小旗一会儿上山、一会儿下海的一分子，则实在让我难以习惯。何况，一会儿长驱城东到某个定点商店购物，一会儿马不停蹄赶往城西某个定点饭店吃饭，然后又披星戴月地赶回城北入宿的意趣何在？至于一窝蜂地在人头哄哄的所谓景点匆匆拍照，一窝蜂地如厕（而那厕所往往又在某商城的最里头），一窝蜂地抢那些冷而又少的饭食（边上又往往会有些什么大师在拍卖字画或祖传秘方）；每天晚上累得两腿酸软，大早起来又头晕眼花的趣味又何在？

许多时候我不禁会问自己，这就是所谓的旅游吗？这就是所谓的休闲，所谓的观光和调剂生活吗？

变化还是有的，那就是随着经验的丰富，我逐渐形成了自己的一套应对的办法，在有限的模式中寻求到一些颇合自己个性的应对办法。我常常成为某个羊群中一只惯于溜号的不合作者，甚至还常会依据自己口味偷吃几口路边鲜草的刁羊。虽然这实际也只是戴着镣铐跳舞，毕竟给自己带来了些许放松和几分新鲜感或曰独有的满足。总之，我常常从观念到行为，成为旅游团的一个不合作者。

不，我并不会对团队的整体安排如线路、景点、节奏、食宿及交通工具等安排提出任何改变建议或怨言。虽然早先我曾是这样的一个不合作分子。但我很快意识到这是得不到任何结果的，旅行社自有其理由及利益考虑，更重要的是大多数团员不仅不会赞赏你的异见，还会对你的不合作赏以白眼。而实际上旅行社的这一系列安排正是针对他们的主流意愿而作出的，本质上是迎合了他们的意愿的。比如凌晨五点就起床，以便来得及"看"到更多据说是极有文化含量的著名景点这一点，原本就是出游前事先约定好了的。为的当然是尽可能地"多"。我毕竟还算得上个聪明人，懂得众怒难犯的道理。我后来的应对办法就是突然在最繁忙最劳累的这一天"生病了"，或者谎称去过了而万分抱歉地与团队小别一天。这样，导游不会有意见，大多数团员也不会有意见。因为这不损害他们的利益。于是，在团队摸黑冲刺梵净山顶峰的时候，我独自在宾馆的黑甜乡里呼呼大睡以稍解前几天的疲劳；在团队冒着刺骨的冷风踏上洱海的游船时，我自个儿在大理街头、小巷悠悠地闲逛，品味着风味小吃。甚至出国游也如此，许多人觉得眼睛不够用，交通不够快，那么多的国家，那么多的城市来不及看，我却依然故我，放弃了需付出来回七八个小时乘车时间的罗马到佛罗伦萨一日游，独自在日程上只排了一天的罗马街头又晃荡了一天。许多人觉得我不可思议。这么著名的佛罗伦萨，也许下辈子也不再有机会亲眼一见了。焉能因为劳累或行程仓促而轻言放弃？我则不这么看。佛罗伦萨固然著名，罗马也不逊色。何况还有威尼斯、都灵等大批本不在计划内的名城，我们下八辈子同样也许无缘一顾。正如罗马一句名言：罗马不是一天建成的，景点也决不是一天或一趟看得完的。正所谓有所不为才能有所为，与其疲于奔命地将两个城市都草草一掠，拍一堆委顿地站在某些标志物下的垃圾照片，何如悠哉游哉地将罗马的真面目领略得更细一些？

事实也正是如此，我独自逗留罗马那一天的实际感受，远比日程中

第一辑
心潮逐浪

安排的罗马游来得充实而有趣。美美睡了个懒觉后，我挎着相机独自逛了半天街。传闻中或旅游团必到的景点一概不去，专拣那些最能体现当地风俗民情的偏街陋巷悠悠闲逛，以充分满足我个人的喜好。见到中意的背景，便请路人帮忙拍一张。我第一个请的是个舶在站旁候客的的士司机。我请他就在车内随便拍一下，他却非出来不可，还一丝不苟地将相机横来竖去反复取景，以至一个本该属他的客人上了别人的车，倒让我老大不过意。在一个街头酒吧，我想以一伙快活地喝啤酒的老人为背景，那帮忙照相的顺手拉我在他位子上坐下；有人塞给我杯酒作样子，拉手风琴助兴的酒保则特意绕到我肩后……有个瘦高个明白我的意思后，脸竟涨得通红，横看竖对照完后，连连比划着不停示歉，大约是拍不好请多包涵吧。另一个大肚汉拍完后则直拍肚子，向自己大竖拇指，显然是自夸技术高超。

显然，我的不合作根本还是源于我的某种个性。在家我爱独处，出门则不喜凑热闹，尤其不喜欢人为的或热门的景点及"计划"。许多景点本身并不坏，比如某些人山人海的寺庙。还有那些虽然古风十足但明显是修葺一新的"老街"。然而一看到相机取景框内尽是人头，我就大倒胃口。于是，在丽江时，我就悄悄溜出满是店铺的四方城，独自攀上导游未置一词的望古塔，尽情远眺真正的丽江古城，沿途还摄取了许多宁静而原生态的、极少游人和店铺败坏的民居风情。

我的这种不合作自然还体现在其他许多方面。比如购物。即使在家，我也天性不喜逛街进店，到了外地则更不愿将时间虚耗在那些大同小异的店铺里。何况以我的经验或偏见而言，任何地方的车站、码头、景点等与游人密切关连地的商品或服务，都是令人可疑或假冒伪劣的大本营。我从来不愿在这类地方买或吃任何东西。但对于旅行团的进店安排我倒有所理解，毕竟这涉及他们的经济利益。所以我从不置可否。何况你总得带点儿风物土产回家交待亲友。所以那些计划中的进店或所谓泡脚之类项目我一般都规规矩矩地参加。并且也多少买些所谓的灵丹妙药或茶叶之类。这类东西回来后大多不是送人就是往哪一扔，因为实践早已告诉我，它们的实际效用往往与推销者的美言大相径庭。我之所以掏些个小钱，权当是付小费，作为对那些煞费苦心推销者的小小回报，毕竟我也借此机会得着个休息喝茶的机会。但对于那些金银玉器店之类，我是从不领情也决不掏一个子儿的。那些地方的东西涉及多方利益，货真价实的概率实在太低。当一个玉饰的价格可以从开价800元最终却以80元甚至更低价格成交时，它还是可信或有价值的吗？如果不可信，何苦千里迢迢来这里，且在这种情形下购买？

　　有意思的是，中国人不知怎么会有个"穷家富路"的观念。再加从众心理效应，这些地方从游客身上捞取的利润实在令人惊叹。许多平素在家省吃俭用、甚至可能为一毛钱和菜贩唇枪舌剑的人，在那种地方却一掷千金，喜不自胜而慷慨解囊。显然，旅游业和这类购物业的兴旺发达与人们热衷于在旅游中购物，或者说，将购物作为旅游一大内容或一大心理乐趣者的慷慨襄助是分不开的。

　　显然，我是体会不到个中趣味的了。但同样，我也不会因此而尝受到个中的苦涩甚至是沮丧。有回在中缅边境，我们被一个身裹披巾，足跋拖鞋的黑脸缅甸男子缠住了。他神秘地向我们出示"道地而绝对高档"的缅玉。同行的一位在车上就大谈如何识货并警告我们不可在这种地方轻掏腰包的报社记者，眼睛蓦地亮了。在严肃老到地把玩了几对玉镯后，他以拿手的砍价本领与那玉贩进行了一番血淋淋的价格大战。直到我们的车要开了，那玉贩终于痛苦地同意将一对开价一千二百元的玉镯以四百元"友情"出让。顿时，围观者又有两人争相以同样价格买下了与权威记者同样的玉镯。不幸的是，恰如小说或黑色幽默展示的那样，正当满面红光的记者向大家滔滔雄辩他识货及砍价的独到心得时，见我们的车已缓缓启动的缅玉贩子，突然追着汽车，使劲拍打车窗并招摇着几副一模一样的镯子大喊：便宜啦，便宜啦，八十、六十、四十！四十一对甩卖啦！

权威记者和另两个购买者一下子面如土色。此后的行程中,他再也没谈及自己的那对"玉"镯。金钱的亏负是次要的,尊严挫败的打击才是够他呛的。

我的另一个落寞之处还常常体现在对颇受欢迎的导游的不合作上。

平心而论,随着旅游管理的日渐规范,导游,无论是团队全陪、地陪还是某个景点的导游的服务态度和质量,都已日臻精到和尽职。虽然也碰到过少数总想着把人往商店带的导游,但他们的服务态度或劝诱方式也仍是相当殷勤老到的。无疑,他们清楚自己与团员关系的好坏关系着他们的切身利益。而对于我来说,不管导游作何考虑,他们的尽职,尤其是他们在保障我们交通、食宿等方面的作用都是必不可少的。但我不喜欢的恰恰在于他们在某些方面表现出来的过于热诚、尽职尤其是絮叨上。换句话说,我特烦那种被导游掐着钟点,让景点讲解员牵着思维的旅游。尤其后者,讲得不可谓不细致,知识不可谓不丰富。但我们真是为寻求知识而逃避喧嚣都市的吗?何况哪次回家后,我们还记得小姐们的娓娓说道?而不少导游一路上几乎就没有闭嘴的时候,所说的又几乎全是不分对象、喜好的程式化的大俗套,这地方有何风俗民情,有何著名特产,那东西有何传说,这玩意像个什么,有时候还掺杂着大量庸俗无聊的内容。这些东西不乏有趣之处,但听得多了就未免感觉重复而聒噪。我说过,我个人的旅游爱好有些个别,对热闹而人潮涌动的尤其是人为的景点往往兴致缺如,对旅途中那些自然而鲜活、富有原生态意韵的风情、村落、人文景观又往往十分神往。这时候我就特别厌烦导游的絮叨干扰了我的个人体验或想象。其次,某些景点的讲解也太过细致,以致进程太慢,所说的那些某某砖饰如何美妙,某某石头的来历,某某东西像不像个马头之类,又唤不起我的兴趣。或者,压根儿就不如我自个儿的想象、感受来得丰富、广阔。于是,我的对策就又是独自开溜,常常小别团队,避开那些人群稠密的地方,独自徜徉于僻静的山村或幽幽的山边、溪畔,去发一会自个儿的思古之幽情,或满足一下怀旧之情愫。真的，许多时候我觉得旅游就得这样，我们千里迢迢奔赴某一个地方，真的不是再来看人、听史或揣摸文化的，而是来换一副心境，满足一下对于异地特色的新奇感或某种心理缺憾的。而这样的地方未必不出于著名之处，但却更可能出在无人顾及的冷僻之地。而它们大多被我们飞驰的车轮不屑地弃诸于脑后！何况，再好再新奇再文化的景观，一旦被过度开发或被人群践踏，其内涵和表征都会大打折扣。比如天下闻名的周庄，早年我去的时候，她确实还那么地古朴自然，如今那儿无一处房屋不是店铺，走路都挤挤挨挨水泄不通，你还能"欣赏"到什么？与其再到其中去凑热闹、人看人，何如到她的外围或别的尚未被世人所注意或开发的小镇去走走，坐坐？

我这么说并非刻意否定导游的意义。只是我理想中的导游似乎应该是一本手册或指南，安静地躺在各种游客的行囊里。那些景点也罢，风光也罢，游赏的节奏等等，让游客根据自己的想象和好恶去纵兴品味、把握好了。而当某个游客需求时翻动他时，他又能详尽地满足其求知欲，就再好不过了。

事实上，即便在旅游上，我发现与我有着相似情趣或实践的大有人在。

有次我在宾馆前台，就碰见一个身背大包的外籍华人，正在向大堂经理打听南京还有什么值得逛逛的"真正的老街"。经理苦笑着说不多了。而他热诚地向他推荐的中山陵、雨花台等"名胜"却又引不起那位先生的兴趣。他的观点是如此地令我激赏。他说：那些地方都是游人，况且我都从电视和图书上看过了……

敲这些文字期间，我刚巧从中央四套看到一个介绍瑞士风情的短片。一帮子洋人们开着汽车，带着帐篷，露营于四面雪山、风景如画的谷地中。一连几天就住在那儿不再流窜。或垂钓于湍流，或漫游于野田，或采撷于硕果累累的葡萄园中，或又在酒坊中品尝新酷美酒；或者，有人干脆就懒洋洋地躺在阳伞下晒一天日光浴。他们周围除了阳光、自然，再没有任何碑石或寺庙，甚至也没有一个我们称之为导游的人物在讲解点什么。但在需要的时候，却又分明有人应声而到，为他们续酒或帮人用网兜捞起钓上的大鱼。他们就是我们所谓的导游。如果谁对我说这就不叫旅游，不叫休闲，那我一定要和他理论一番，你说这该叫什么？

人各有好，不能强勉。但至少，我们的出游方式也该考虑一下不同性格和爱好的差别，寻找一些不再以四处奔走、多看多到为目的的新方式了。对于我们的生活，我素来相信，缺少的不是形式而是内容，不是人缘而是观念。不仅旅游，实际上我们的整个人生、整个社会发展过程无不如此，新的形式或生活方式，总是由潮流中的某个支流或某种"异端"所激发、引领出来的。

当然，一旦某种新形式汹涌成潮，也许我或我们又会渴望新的支流的迸发，甚至，乐意回到旧有的潮流中去了。这是另一个话题了。但，这有什么不好呢？富有选择的生活总比单调而缺乏选择的生活来得让人快乐呀？

而快乐，难道不是人生一切内容的应有之义吗？

菜市采风

"采风"在文艺圈里是件风雅而时尚的事情。但菜市之"风"似乎从没人要去"采"过。其实它也是不劳你去采的,打老远就像那鲜鱼活鸡和声嘶力竭的叫卖声般,蹦着跳着吆着喊着直往你怀里钻了。那"风"声也不必说了,自卖自夸的,挑肥拣瘦的,死缠活磨的,从早到晚的,息了这一曲交响乐,那还叫菜市吗?那"风"味儿也是混混的而怪怪的,鲜腐杂陈,腥香并具,熏得你走出老远,襟上还散着淡淡余味。也难怪,山上采的,水里捞的,田里收的,树上摘的,五花八门的鲜菜陈果、山珍海味,还有那么多眼睛滴溜溜乱转的人头儿,全挤到一块来了;更别说还有杀鸡剖鱼的,剔骨剁肉的,支起铁锅熬麻油、炸鸡腿、氽鱼丸子的,混到一起,谁还能形容得了是个什么味呀!

这般情景是难免要让环境难堪的,可人们在皱眉的同时,却又以自己强大的需求给它注入了顽强的生命力。而菜市仿佛生就一副随遇而安又放浪不羁的脾性,只要人多的地方,任什么偏街窄巷它都能红红火火地生存。好不容易圈它进场,一不留神又呼喝连天地蔓延出来,让我们伤透脑筋。可谁又能否认这大俗而又大不整洁之地,原是我们一切大雅与大洁之所本呢？

　　说来也怪，我这人一进富丽堂皇的大商场就呵欠连天，闲来却爱上这其味并不算佳的菜市去遛遛。东瞅瞅、西摸摸，悠哉游哉，轻松而踏实。民以食为天嘛，饱览那琳琅满目的可食之物，心理或许便得着不少愉快的暗示吧。何况，在咱这灰仆仆闹哄哄汽油味熏人竞争感剧烈的都市里，能看到这么多嫩生生、水淋淋、红黄绿白又富含乡野气息的新鲜菜果，怎么着也是种感官的享受和精神的放松呀！比起逛商场，逛菜市的心理本身就是放松的。你的钱包不会受名牌和奢华的诱惑，你的心理不会被"皮尔卡丹"们挤迫，你的感情也不会受到"微笑服务"的戏弄；菜市是最原生态最具本来意义的"生活"标本。人与人的关系、买与卖的目的都简单明确而实际。你一身名牌在主妇和菜贩中招摇，或欲一掷千金以博取买卖外的满足，在这里反透着愚蠢和不雅。这儿的一切都质朴而透明，真实得仿佛那满地乱堆的瓜菜，无须雕饰也无法矫情。即便是尔虞我诈，红颈粗嗓，来去的也只是三两五钱，伤不了多大和气。菜市也是窥探市场经济最生动的窗口，鲜与陈、早市与收摊，那价格有时竟差一多半。讨价还价的学问，虽只涉蝇利，那份认真及心战技巧甚至哲学，委实不小。菜果假冒无从谈起，劣质或有人问津，价格却名符其实。

　　有回我忽发奇想，倘若生活都如菜市般丰富而质朴，我们是否会过得更轻松更有兴味些呢？菜市固然是混沌的，甚至是肮脏的，却也是鲜活而本真，最富生活气息的。何况混沌也不失为一种美，实际上，它与有序原是美的两种形式而已。诚然，这样"原始"的生活毕竟还远不是理想的。混沌或质朴毕竟是要在有序与华丽的映衬下，才谈得上美。所以，我也常希冀菜市能更规范些，更整洁也更上档次些，虽然真那样的话，菜市现有的某些情趣也不免有所消减。至于某种过犹不及的"管理"，则还不如任其自我调节为好。每当卫生大检查时，菜市那人为的整洁、萧条而凄清的有序，谁不为之顿足！

车站俯瞰

车站总不免让人心悸，火车尤甚。这首先与人们赶奔远途时，总有种目的未定而惴惴的心理有关，其次与一些火车站乱糟糟的候车环境有关。广场上横躺竖卧的人群，出入口处曲里拐弯的铁栏，里面那轰嗡的声波和熏人的气味；挤来攘去的人流，服务员多半冷冰冰的面容，还有那被人群和各类卖品摊分割得所剩无几的空间，都是让人无端地焦虑或上火的不良暗示。在此情形下，光埋怨中国人缺乏素质，自私而好挤闹就有点不那么公道。当然，明知时间宽裕，明知对号入座还一窝蜂地往车上猛挤，确实让人不齿。但你我又何尝不曾这么大呼小叫地践踏过秩序呢？我们未必真是害怕坐不上车，这个竞争日趋激烈而法制与文明建设相对滞后的时代，莫明其妙地在一切方面唯恐吃亏、落伍或被某种命运拉下，似乎已成为我们的"集体无意识"了。

船到码头车到站，出站时分我们总该松上口气了吧？然而不，出站的惶恐更甚。什么叫人口爆炸？这儿便是活生生的标本。没有大包小包和黑鸦鸦人头逃难般气喘如牛、挤作一团，那还叫出口处吗？偏偏一些车站还爱在本已过窄的通道外再围几道大铁栏，那乱劲，真如赶牲口出圈，人仰马翻。车站爱怎么做自有它爱的理由，但便于"管理"的考虑恐怕还是优于"人民车站为人民"的考虑的。对此弹冠相庆的只有混水摸鱼的扒手，我们除了三呼计划生育万岁还有什么别的办法呢？也难尽怪车站，对于人来说，世上最可爱的莫过于人，最可恨的也莫过于人。而对于成天面对无穷无尽人头的他们来说，若无饭碗和市场竞争等因素逼着，要让他们打心眼里不急不躁地提供微笑服务，未免有点强人所难了。

不过车站也有其独特功能，它是个观人性，知人情的最佳窗口。有回我正赶上学生毕业之际，月台上满是依依惜别的年轻人。让我咤异的是以感情内蕴著称的中国人，心灵之闸在车站竟訇然洞开。7男2女在我窗下依次紧拥，个个涕泗滂沱。发车铃乍响，更是哇声大作，9人相搂一团。想想也是，情感本可传染的，而车站又是分别的同义语。人生原是成串的故事，车站使故事益发生动。列车一动，所有的故事都不免加速演绎，或喜或悲、或破或圆，无论情愿不情愿，总之不再是旧时内容，总之要开始未知情节。而此一别，对他们来说，"西出阳关无故人"，关山万里，晓风残月，唯"断肠人在天涯"，此何情，斯何景，是何心境！

树挪死，人挪活，即便不为"挪"，人生在世，谁又免得了出入车站，迎来送往？要是哪天我们都能像日出而落，日出而息般自然而放松地坐车、旅游，那才真叫幸福！至少，想起车站我们不再皱眉，也算得一种大福份了。

黄昏

黄昏如有名字，应是仓皇。

无论春暮秋夕，我眼中的街头总是流动着一片异样的氤氲。灰朦朦的暮色里，密如过江之鲫的自行车穿行如梭，大车小车烦燥地嘶鸣；行人大都绷着张淡漠的脸，匆匆步履写下纷乱的焦灼；小贩扯起嘶哑的嗓门，急欲将最后一把青菜变成纸币；小吃铺冒出的腾腾热气，更多地勾起路人急迫的想象——炉灶在等着他们开锅，孩子在盼着他们的踪影，自己的肠胃也不安地咕噜个不停。

眨眼之间，天就乌透了。行人大多象是被黑暗一口吞没般淡隐了，那团乱哄哄却令人感到亲切的、白昼里最后的繁喧也消失在狭窄的小巷或挤迫的住宅楼里，街头霎时清寂。而那陈陈相应、次第燃起昏黄灯光的人家，开始变幻出一幕幕此时绝对大同小异的生之片断。一天的另一扇门打开了。

也许是我的个性使然，也许是律动了一天的神经感到了疲倦，或者是这种特有气氛的感染，每当黄昏，不论我是否在和大多数人一样奔忙、赶路，每每会有种不期而至的仓惶小鹿般撞上心头。那感觉，有点象惆怅，有点象悲哀，淡淡的，莫名的，似乎毫无理由，似乎又能找出无数理由：城市生活的紧张庸碌、光阴的飞速流转、欲望的消涨顿挫……

还有一个更明确更直接的缘由：从时间，从氛围，从实际目的来看，黄昏都是一个特定的信号，使人如倦云恋岫，归鸟思巢般更容易更必然地"感觉"到，总在忙忙碌碌的自己原来还有一个家。

我这么说是因为，每个人，哪怕是个单身汉，都需要也都有个家。但工作、学习、社交总是在不知不觉中使我们淡忘了它。清晨，一个寻常的关门动作，实际上将我们的生活形态分割成两个板块，家成了一种名义，一种抽象的存在。我们天经地义地与家人告别，你去上学，我去上班。整整一个白天，我们与家与亲人几乎像天各一方样被近在咫尺的时空和感觉障碍隔绝着。是黄昏才使得家这个概念"突然"又回到我们的知觉中来。一旦意识到，回家，团聚，这心驰神往而分外实在的愿望，便成了我们每一天中最具体最直接最急迫最悬念的目标和归宿，这黄昏，能不仓惶，能不令我们心潮波荡吗？

黄昏还是乡愁的酵母。尤其对于独在异乡、对新环境充满陌生、疏离感的匆匆过客，黄昏莫凭栏，凭栏欲断肠。为何断肠？黄昏那熟悉的氛围，多么轻易地勾起我们对家、对亲友的那份亲切而熟悉的"感觉"呵！那年一个黄昏，我在青海德令哈城边漫步，身在西北，心便被这份感觉揪回了江南。忽然驰过辆泥污疲惫的卡车，眼光掠过卡车的尾牌时，我竟忘情地欢呼不已，并追着汽车一顿傻跑，直到根本听不见的汽车绝尘而去，才发觉自己竟湿了眼眶。只因我看见的是一辆江苏来的汽车！此时此地，这平素漠不在心的汽车竟成了最亲切最多情的家之象征，使我动容的自然是时空塞给我的乡愁，酿化它的，不正是这西北旷野上灰红的黄昏吗？

"日暮乡关何处是，烟波江上使人愁。"真绝句呵！

黄昏如有名字，应是乡愁。

正面

车到开封已近午夜,我下车遛哒。空荡荡的站台不见几个人影,却有凛凛寒意扑面袭来。我打了个哆嗦,刚返上车厢踏板,一阵急沓的脚步伴着个神色惶急的农村老汉,直奔我这节车厢而来。正要上车时,被站在车门口的女服务员当胸拦住:"拱什么拱?""俺上民权。""这不是你上的。""咋了?"那老汉停下来东张西望:"说这车上民权呀?"女服务员又重重推了他一把,再不看他一眼。

我知道车是过民权的。但从老汉衣着上判断,他不可能买卧铺票,而这是卧铺车厢。我想叫他向后去硬铺车厢上车,不知怎么竟没开口。借着站台上凄清的灯光,我看清这是个苍老憔悴、实际年龄估计不超过50岁的贫苦汉子。他衣衫单薄破旧,身子瘦弱干巴,迷茫的脸上灰蒙蒙地尽是皱纹和凹陷,难怪服务员歧视他。见到这样的人表情就紧绷,几乎已是许多服务行业人员的本能。但他这是深更半夜赶火车呀,再贫贱也有权上他想上的地方呀。也许服务员认为他买不起车票?但没车票他怎能进站?至少,服务员也该问问情况,或者,告诉他到硬座去上车也不是费神的事呀?他双手提着两个沉重的布包,伛偻的背上还驮个用块旧被单裹着的娃娃，瘦弱肮脏的小脸上，两只惊疑而泪痕点点的眼睛瞪圆着，怯怯地偷望着服务员。我的心一揪，差点想为他向服务员求个情，或者，如果他向我央求，我愿意为他补票或给他几个钱。但不知怎么（怕服务员不高兴，或者，怕多事或觉得有点施舍的意味？）我只是同情地看着他，什么也没说。而女服务员又一次推开企图挤上车来的老汉，返身上车并迅速关上车门盖板。这下，那汉子更慌张了，喊了声俺要上民权呀，仓皇奔向前面的车厢。我看他跑的方向又是卧铺车，忍不住探出头想招呼他往后跑，但他已跑远了。瘦弱的孩子像个干瘪面袋在他背上急剧晃荡。我希望下节车厢的服务员会容他上车，却真真切切地听见一声尖锐的喝斥：滚开！

这时，车缓缓启动了。我不安地站在车窗前，但见那汉子沮丧地痴望着在他面前无情滑动的一节节车厢，一动也不动。背上的孩子则更紧地抱住他的脖子，尖声大哭，哭声竟盖过哗哗的轮声，在死寂的深夜听来那么凄厉、碜人……

之后我躺在铺上久久辗转。我不明白面对这么贫弱无助的人，服务员为什么表现得如此麻木不仁；我也不明白自己怎么就不曾及时尽一下举手之劳的义务。说真的，我还想起鲁迅的《一件小事》，想起著名油画《父亲》和朱自清的《背影》。我面对的不是我父亲，也不是一个写满骨肉挚情与人生艰辛的背影，但我面对的是一个充满期盼、和我们一样尊严的"人"的正面！虽然他并未对我开一下口，但那烙在我脑海的虬曲而深刻的每一条皱纹，都似乎在对我说：俺也是一个作父亲的人哪。而实际上，他所代表的那个群体，甚至说得上是我们民族的"父亲"呢！

也许下一趟车很快就会来的。后来我这么想着，终于迷糊了过去……

我是一个人

有天我读到篇文章，突然便想起件很久前的小事：

那夜我和一位朋友路过条清寂的马路，远远地有团红红的火苗在寒风中忽闪，是一位爆米花的汉子，孤零零地转着摇把，火光幽幽地映着他黝黑的脸膛。见到我们，他那烟火熏红的眼睛蓦地亮了一下，随即又暗淡下去。

吃米花吗？朋友问了我一声，没等我回答，他折转车头，从汉子摊上买回两袋米花。我说这东西有啥意思？朋友笑了：其实我也不想吃。骑过街后，朋友竟将米花扔进了路边的垃圾车里。我大吃一惊，朋友有点结巴地解释道：这么冷的天，又没什么人，我觉得他怪不容易的……原来他是在以这种方式表达对那汉子的某种同情。我没想到这位平时乐呵呵也并无"娘娘味"的朋友竟也有如此一番柔情，不禁有了种刮目相看的欣赏。

现在想想，其实这类特定情境或对象下的"温柔"，乃是我们每个人与生俱来的某种天性，所谓恻隐之心，人皆有之吧。我自己也有类似的行为。比如我原先上班的路上，有个卖报老头，年纪很大了，我每天都到他的摊上去买报纸，因为某一天我突然在他脸上看到了老父亲的影子。我家巷口有个做烧饼的，两口子带着对可爱的双胞胎，挤住在不过3、5平米的披棚里，每早不到5点就听到他"嘭嘭"揉面的声音了——我也常到他那儿买几个烧饼，虽然我并不喜欢这种食物。这样的一种微不足道的善意，与捐助或施舍是不同的，它于己无损，于人也不失尊重，既满足了自己的某种欲望，也含着对劳动及人生的敬意。

现在我得说说是什么文章引发我这番感想了。这文章的基本观点我是认同的，它认为我们的文化中历来缺乏一种强者精神，相反却有种一脉相承的忍让和同情弱者的"教育"，妨碍了民族的壮大。鼓吹或奉行无原则的"忍让"、"糊涂"等东西，确乎是一种不利于民族健康的东西。但文章以颇重的笔触批判"同情弱者"心理，却是我难以苟同的。它失之偏颇。希望民族或个人"强悍"我毫无意见，但什么是真正的强悍？像一座光秃的荒山或冰冷而无生命的钢筋水泥大厦，才算得"男子汉"，才是强者或强大的民族吗？挺拔的青松，覆盖着美丽白雪或葱绿植被的大山，就不是强大的吗？文章还引用鲁迅关于民族强大的论述作为自己的论据，恰恰忘了鲁迅先生"无情未必真豪杰，怜子如何不丈夫"，"回眸常看小于菟"的名言。

只要不是盲目、矫情或无原则的，对弱者或他人的同情就永远是美丽的。事实上这不仅是中华民族的一种伟大而可贵的品格，也是全人类最可爱最值得赞美和推崇的伟大天性。涓涓溪流只会令大山更雄奇，绿叶纷披反而令青松更可亲。何况，无论目的如何美好，想要让一个人或一个民族"强大"到消减同情、恻隐或"怜子"、"回眸"之类丰富多采的性格，根本上也是办不到的。而就我个人来说，与其做一座孤高而万人叹瞻的高崖，不如做一个如我那朋友般偶然能令人砰然心动的人。

因为我本来就是一个人。一个有血有肉、有着七情六欲的人！

揣摸幸福

午间我路过处工地，前路忽为一群横穿马路的民工阻碍。他们多半泥迹斑斑，有的还戴着安全帽。年轻些的使劲敲着饭盆或追逐着，轻快地翻跃栏杆。年长些的虽显得克制，但也步履匆促，疲惫的眼神饿吼吼地直射对面的饭棚——我的心隐隐一动，恍然生出种说不清是羡慕还是伤感的情愫。此后我虽然看不见他们用餐的情景，却完全透视得出，他们那绷得紧紧的心弦，很快便将被（哪怕是粗劣的）食物拨弹出一曲曲幸福的旋律。

我把得准这个，因为我有过类似的体验。多年前下放矿山时，生活枯燥、工作机械等境遇下，那屈指可数的些许幸福感里，每日三餐，尤其是大强度劳作后疾奔食堂时那份憧憬与期盼，就餐时那份狼吞虎咽的满足与快乐，无疑是其中最深刻而美好的了。当然，关于幸福的定义很多，感受也因人而异。我这种感觉算不算幸福是可以存疑的。确切无疑的是这样一份满足并不与食物的质或量成正比，相反，似乎常是成反比的。如食尽人间膏粱的王公贵戚们，饮食之于他们，岂复有福字可言？即便现在的我，一日三餐较当年无论质与量都不可同日而语，且时而也可得着些饕餮珍馐的机会，当年那份随食物而来的美感，却早已"不复梦周公"了。这么看来，如果幸福真像某些定义说的，是一种快乐的满足感的话，那么所谓幸福，尽管是一种主观感受，却又是一种客观色彩极其鲜明且几乎是可遇不可求的感受了。

引发我这番玄想的当然还有别的实例。例如某日我听到电台谈及一个边关战士的故事，他"最大"的幸福就是收到一封来信的时候。电台播出他来信后，他在一天里竟收到两百多封慰勉信，以到于使他"幸福得无法承受"了。收信也是种幸福？幸福居然还有无法承受的时候？这是否意味着，他实际上可能已失去了原先那"最大"的幸福？如果他持续收到大堆的信件，这份幸福怕还会异化为烦怨吧？这就是我乍闻此事时冒出的想法。我不知那位战士会不会同意我的揣测，但此事本身像空气一样真实而耐人寻味，是无可置疑的。环境等客观因素，又在此扮演了一回"幸福"的媒婆。之所以我会觉突兀，不过是因为我所置身的"信息时代"，使我已淡忘了下放时那份与战士毫无二致的盼信情结而已。这么看，幸福不仅深受客观制约，与一个人所处的地位、生活境遇有关，并表现为不尽相同的层次与形态，其实质却仍是相对"平等"的。我的意思是说，上苍在此似乎表露出某种合理性。每一种生活层面都各有其幸福，且互难兼有。当我们终于介入某种期望的新生活时，无疑是幸福的，却也有什么东西，永远地远去了。如那份对食物的美感，如那种盼得来信的狂喜……当然，会有人相信此幸福与彼幸福，如某种达官贵人的幸福存在着高下或雅俗之别，但我个人的体验却未必支持这种看法。至少，我现有的种种幸福，阻止不了我对某种失落的幸福的由衷怀恋……

信笔至此，我又有点儿茫然，不知道为何会产生这种感慨。更不知道这种对幸福的揣摸有多大意义。唯一能肯定的是，这非作秀或无病呻吟的怀旧，更不是为了鼓励大家放弃追求或创造新生活的努力。而这，无疑是无可争议的"幸福"的根本源泉。

中年之收获

桌上落下只小虫,伸腿弹脚地向窗外爬。我伸手将欲碾及它时,忽然心有所动,便多看了它一眼。是只黑乎乎半粒米大,我叫不上名来的小家伙。两根短短的触须小心地试探下我的手指,旋即掉头,似乎感受到了威胁,更快地爬开去。我收回了手指,看着它蹒跚地消失在窗台外。

这已不是第一次了。洗脸时,我放走过在水池下水口挣扎的蛾子。择菜时,我没有掐死叶片上的青虫。野游时,我弹开而不是碾死爬上脚背的蚂蚁。杀鱼时,我将它先摔昏以减少它的痛苦。虽不总是如此,但我确实经常放过或善待些幼小的生命。而这在从前尤其是年少时是难得的事。孩提时,我有一种很残酷的虐杀幼小生物的怪癖。用开水浇正在搬家的蚂蚁,用手掐、用脚踩死各种小虫,用剪子剪冬青树间的黄蜂,用小刀挖出土里的蚯蚓,将它一刀两断甚至几段以取乐。我还爱用手掐小树的嫩头,用细竹梢快刀斩乱麻般将藤本木本植物的嫩头纷纷抽落。这类可怕的恶习(包括毁坏玩具,欺凌弱小同伴等等),实际上是相当多孩子尤其是男孩的共同特点。过去我从不在意,现在想来,这恐怕是人性中某种凶残、嗜杀劣根性的遗传,也可能是男性逞强好斗心理的变态反映或孩子心理渲泄的需要。将嫩芽唰唰抽落时，我确常朦胧地感到在千军万马中挥刀斩落敌首似的快感。无论如何，现代人不会将孩子的怪僻视为十恶不赦，却也不妨研究一下此种心态的成因及是否有矫正的必要。当然，这是另一个话题。

我所感兴趣的是，从何时起，因了什么，我开始"弃恶从善"了呢？可以肯定的是，我不曾信佛，而且至今对佛门弟子概不杀生甚至以身伺蚊的善行难以理解。对害虫如蚊子苍蝇我仍然嫉之如仇，必欲彻底全歼而后快。因为我们毕竟是人，我们为人处世不得不从人道而非虫道出发，虫不害我我不害虫，虫若害我我必害虫。虽然我明白，害虫益虫之分原不过是从自身角度出发的人为分别，从生物学角度出发，蚊子吸人血并无错处，与人类食肉一样不过是生存的需要而已。我现在的不杀无害于我之生或曰不再无端残杀生命（哪怕它微若芥末），似乎并非理性认识和教化的使然，而更多的是本能的自然而然地发自深心的结果，是别一种潜伏在灵魂深处的天性的复苏。而年龄或者是生活岁月的浸润，起了催化剂的作用。

是的，一个中老年人对生存、生命的体悟，是一个孩子或者青年人所不可比拟的。某种经验和情感、心理的变化发展和丰富，是如大树年轮的繁密一样不可能超越阶段、同时也是不可抗拒的。人到中年，饱经沧桑。对世态炎凉，生活哲理和生存艰难之体会，都足以使人对生命和生活的本质，对和平、安宁及生存着的一切生命产生程度不同的再认知。虽然杀不杀虫子并不是这种情形的必然或主要标志，但如我这样对虫子作为一种生命产生前所未有的敏感与爱屋及乌式的珍惜，就不是一种奇怪或难以理解的情感了。

所以，如果说一个中老年人会有什么人生新收获的话，（就一般人来说）更嫉恶更向善，更懂得珍视善待、以宽容甚至百倍爱怜的眼光重新审视自身的乃至一切的生命，谅必是其中最可宝贵的内容之一。也许，它导致的变化是细微的甚至未必为人自知，也不定会有多大功利价值，却无疑是人类乃至一切生命的一个福音。

面对囚徒

"首长好!""首长再见!"……

无论在路边、车间,还是宿舍、操场,他们见到我们都立即垂首肃立,大声致敬。说实在的,对此我觉突兀而很不自在。因为没经验,也不知该不该回礼。更使我尴尬的是,问他们问题,一律先蹲下,半跪如清兵向上司禀报般向你作答。虽然我知道,我面对的都是省第二少年犯管教所的囚犯。政委看出我的疑惑,解释说这是监规之一。"使他们时时意识到自己的身份,也为防个别冥顽不化者的突然攻击。别看他们现在可怜巴巴的,哪个不是重案在身?"他随便指了几个看上去稚气未脱、老实巴交的少年犯,要他们自报家门。

"报告首长,我是某某,今年17岁,某年某月因故意杀人罪被判死刑,缓期执行";"我是某某,今年16岁,因犯盗劫罪、强奸罪,被判无期徒刑"……

若非他们亲口自诉,真难相信这些乳臭未干的少年竟多是些无恶不作的歹徒。

看来,人心善恶与否实与年龄无关,稍一不慎,一个人从生到死都可能为罪恶所蛊。他们中不少人因不足18岁而幸免一死，从这角度看，他们是幸运的。但从那些被他们摧残杀害者、被骚扰破坏了的社会安宁角度来看，他们，乃至我们，该作何感想？

望着他们低眉敛目、不知道是悔是恨的脸，我不禁将视线投向院外。院外云淡风清，阳光明媚。少管所地处小茅山深处，林幽水秀，连空气都透着香甜。倘若人世也这般清宁和平该多理想！幸好，大多数人可以自由享受这份美景，唯对他们，这一切都被架着铁丝的高墙切断了。无疑，不论他们是否知悔，都该为罪孽付出自由的代价。而这一代价对人而言并不比死亡来得轻松。事实上，区别常人和囚徒的主要标志就是自由。少管所实行半工半读，工作量不大，伙食很好，管教严格而人道，宿舍里干净整齐，被子叠得有棱有角，简直如军营般标准化。然而，每个犯人仍然百倍地比常人更渴望自由。是的，自由如空气，享有它时我们几乎感觉不到，失去时却必定倍觉它的珍贵。只不知这些犯人现在是否明白，一个常人的自由是靠着一定程度的不自由来维系的。每个罪犯的堕落都有各种独特原因，但也必有一条根本共性，即他们的心灵自由无度，终因缺乏良知与道德的藩护而走向深渊。

入夜，窗外飘来麦田的清香，片片稀薄的雾，湿润着声声蛙鼓。山林上悬着透明的满月，无言地俯视着高墙内静谧的灯火。那墙内的人，是否也在抬头望月呢？

"嫦娥应悔偷灵药，碧海青天夜夜心"。早知今日，何必当初呢？

就我们来说，害人终害己，原是尽人皆知的真理。然而，只有当你面对囚徒和四面高墙时，才真正有一种寒气凛凛的颖悟。从这个意义上说，所有仍在浑浑噩噩地厮混人生，仍在不择手段拼命攫取甚至铤而弄险、以身试法的人，乃至每一个普通人，有可能真不妨走进高墙，去看看，去听听；面对囚徒，至少我已经痛切地感到，作一个安分守法的平民也不是件很容易的事，善恶常常是一念之别。而一个人能自由自在心安理得地活着，才是人生第一要紧的大福分呀！

我的"纸盒"还在吗?

有位朋友可谓大款,私家"奔驰",豪华别墅一应俱全。中年后得一千金,其乐可想而知。为其过三岁生日时,鄙人躬逢其盛。五星酒店,高档包间,宴会场面亦可想而知。想不到的是,在一片鲜花、阿谀和五花八门的贺礼中,如花似玉的小公主一脸厌烦,满眼不屑。对生人一概不理,甚至动辄躲进母亲怀抱,嚷嚷着要回家,要到街上玩!更想不到的是,生日蛋糕端上来的时候,小公主突然两眼放光,挣出母怀,扑向分蛋糕的服务小姐。都当她喜欢那精美的蛋糕,却不料她看中的却是那彩盆般的盒盖,讨来便套在头上,随即又拍打、抛接,放在地上让它滚,藏在桌下让人找;总之是独个儿乐此不疲,玩了个不亦乐乎。千金难买的笑声,咯咯咯地,珠玉般泼洒了一屋!不幸的是,当她将盒盖放在地上,试图当小凳坐上去时,盒盖碎了,小公主呆住了,花一般美丽的笑容就此飘逝得无影无踪——一片哄慰声中,她又深深地埋头于母亲怀中,直到生日快乐歌响起来,她被母亲哄着吹蜡烛时,犹自抽泣得出不成气来……

有人窃议,说这女孩脾气真怪,这么多好吃好玩的她不希罕,偏爱个不值钱的破纸盒儿！还有人说小孩的脸嘛，三春的天嘛，大起来她就知道自己的福气啦……我则不觉得小孩和成人的喜怒哀乐有什么本质的差异。如果有何不同，那就是成人和孩子的价值观不同。我们习惯以值钱与否来评判事物甚至人物的价值，且好将自己的喜好乃至理想武断地塞给孩子，而不管他们是不是乐意接受。孩子则全凭天性来决定自己的喜好。或者以"奇怪"、"顽皮"来表达反抗。这便是我们所谓的（却常是难能可贵的）天真无知。小女孩喜欢纸盒儿，是因为那玩意在她视野里确实新鲜而别致，新鲜而别致的东西谁会不感到有趣呢？

至于说她大起来一定会感到自己的福分，无非是相信她也会体味到金钱的意义。这个听起来不错，细想却也难说。一个人眼中的美，未必是他人欣赏的；奢华的事物（如华宴、豪礼），未必比简朴的（如那"没用的"纸盒）更具魅力；而有钱的人生也未必就是幸福的。即便真是幸福的，浸淫其中者，还会有觊觎者那份新鲜的美感吗？所谓生在福中不知福，并不是不可思议的偶然。恰如风景是美的，风景中人未必觉得到这份美，甚至某些"有福者"，还会羡慕而翘盼山外的风景呢！

无论如何，得着份所爱，便痛痛快快享用它。为它笑，为它哭，为它醉，为它痴。管它是金盒或纸盒，管旁人会怎么看，如那可爱的小女孩。这才不失为让人艳羡不已的大福分呢！可惜它可遇不可求，恐怕是仅属黄口小儿的福分了。对于大起来的人，即便是那小女孩，怕也是一只难以修复的"破纸盒"了！

读书季节

说到这个话题,是因为那个季节又蹒跚而来。寒潮一波接一波,门户日益关得严,像我这般没什么特殊交际之人,每日晚饭罢,看一会儿电视,打几个呵欠,身上冷丝丝地便有点百无聊赖的感觉,便想早早钻进被窝,做那件习以为常却又是此时此节最乐于做的事——读书。或者竟不妨说是过瘾。

读书确是吃我这行饭人通有的习惯或曰嗜好。然而说来惭愧,也许是长期业余读书之故,我这习惯养得有些个怪,虽不至于像林语堂先生讽刺的那种"读书必装腔作势"之人,却也常常"或嫌板凳太硬,或嫌灯光太暗",决不是"澡堂、洋车上、厕上、图书馆、理发室,皆可读书",除非是报纸、刊物之类,正儿八经的书籍尤其是大部头的、特喜欢的东西,那些时候能读也不舍得去读,总得要留待在自己家中(旅舍中也不行),并且先把一切杂务料理定当,心无旁骛安安稳稳地躺倒在床上才读得。这样读书,于我来说,一是收效好,二即是,实际上我还将读书视作了一种生活方式,一个独特的情趣,一份有味的享受,甚至常常还是一剂功效不错的镇静剂——每日再累再倦,不翻几页书就难以入眠，而情绪波动或低落之时，读书又让我转移心境或开郁解闷……

如是，又引出个读书也有季节之分的问题。我这人不成器也许就在这里，这又和林语堂那样大师级的读书人有着明显的高下之分。林老先生的看法是"读书四季皆宜"。而我则不然。古人所讽"春天不是读书天，夏日炎炎最好眠，等到秋来冬又至，不如等待到来年"之人，有一半像我。春夏两季我虽照样读上些书，却也真觉得乏情趣也少收益，确乎不是我的读书天。秋天气候倒不错，可我也坐不大住，乐意往外窜窜或与人在家侃侃大山。于是冬天便成了最宜于我的读书季节了。

冬夜读书，想起来都是一份柔柔的欢悦，一种妙不可言的滋润！

须寒夜，越冷越好，外面朔风怒吼，飞雪敲窗尤妙。妙就妙在那可以最大限度地产生与室内的温馨、闲适之反差。且此时，一切人世的喧嚣皆被严寒冻结成冰，而我关紧门扉，拉严窗帘，将一切摒于室外，只留那一盏温柔的灯光与挂钟之喊嚓、偶尔没关紧的水龙之嘀嗒声相伴；再备好烟，泡上茶，往电热毯开得暖暖的被窝里一钻，开始与古人娓娓神聊，和哲人窃窃私叙。那份美感，那种愉悦，非如我之癖者不可与语也！古有"红袖添香夜读书"之谓，传为读书人之绝佳雅境，我虽也曾有此奢望，但实在地说，那已不属读书之乐了。至少我，一旦红袖在侧，恐怕是读不进什么书去的。

说到读书之乐，我觉得我这人可能是少了点中国学人一贯倡导的苦读精神，因而不免时有惶惑，幸而又是读书帮我去除了这块心病。还是林老先生的话，此言却深获我心。他说："苦学二字是骗人的话。学者每为'苦学'或'困学'二字所误。读书成名的人，只有乐，没有苦。据说古人读书有追月法，刺股法，及丫头监读法，其实都很笨……"如此看来，若有可能令读书生乐且乐有所得的话，又何乐而不为呢？

天堂到地狱有多远？

天堂到地狱有多远？我不知道，你也不会知道。但我们却经常可能切身感受到从"天堂"到"地狱"的转换，有时候它就发生在短短的几天里。

2006年11月9日到5日，我赴京参加了中国作协第七次全国代表大会。会议的种种基本精神与内容、代表们的收获与中国文坛的辉煌远景等等，早已见诸各种传媒，无须我再啰嗦。但有些密切关涉每个代表的细节却让我和许多代表至今言及仍会唏嘘不已。比如会议的接待规格和开支之高，就远出于我的想象甚至是心理承受范围。上千代表都住在中国一流的北京饭店，而且全部是一人一套。伙食标准（虽然其实际内容与实际消费按多少也算是见过点世面的我的实际估摸，相距不下10倍）也是我此生从未享受也从未敢想象的：早餐单人标准160元；中晚餐单人标准220元，也就是说，为开此会，每人每天的伙食开支就是600元！据我了解，恰好等于我住的小区保洁员一个月的收入！

你可以从我的叙述中感觉到我无意炫耀。而且，当时我也并没有丝毫已置身"天堂"的感觉。虽然也有不少代表欣然而雀跃,称其为党和政府对作家的高度关怀与器重。对此我完全赞同。但也许我还是少见多怪了。闻此标准后我目瞪口呆,怎么也不敢相信。现在想来仍然怀疑并毫不矫情地希望自己是听错了。否则,别人不说(作协全国代表大会有那么多声震全国甚至全球的名家大腕,他们当然是当之无愧的),我总不免有一种自己何德何能,竟然奢侈到如此地步的愧怍⋯⋯

但无论如何,人,至少我,真是个没心没肺、常常会身在福中不知福的怪物!只有当你沦落到某种地步(即相对而言的"地狱")中时,才会恍然痛惜,原来自己曾经在天堂里呆过!

两种境遇的时差也实在太短了。北京归来次日,我便患上当下"时尚"的肠胃型感冒。频繁到半小时甚至十来分钟的水泻使我几乎离不开马桶。撑到深夜,为恐脱水不得不去看急诊。虚弱、焦虑地赶到一家本省数一数二的医院,没想到急诊中心仅有一名内科值班医生,从口音也分明是从基层医院来的进修医生。这也罢,焦急而漫长的等待、化验之后,好不容易挂上水,真正的麻烦才刚刚开始。尽管夜半,输液室仍几乎人满为患,空气混浊却因天凉而病人虚弱无法开窗;更要命的是输上液仍止不住泻。而堂堂一流医院急诊中心的厕所,臭气冲天而潮湿、污秽。这也罢了,谁都知道中国人的这种耐受力是举世公认的。糟糕的是厕所里只有三个坑位,且只有一个里有可挂液袋的钩子。5个多小时里我不得不举着液袋上了六七次厕所,那份绝望无助又无奈的心情,真有身处地狱之感!偶尔想起数日前的北京之行,无奈地望见窗外那森林般灯火辉煌的楼群,我真有恍如隔世之感,真不明白,中国有那么多大厦,何以最性命交关的医院里就不能多几个干净点而有个小小挂钩的厕所?

也许我心境太灰暗了。当夜的急诊输液室在我眼中活脱脱就是人间地狱!病员们那一张张苍白而死气沉沉的脸不说,走廊上还有个断了手的民工满地打滚,血污一地。我身边一个不明腹痛在两小时内打了三次止痛剂仍忍不住喊痛的老太,那不停地哎哟哎哟、我要死了、快救救我的呻吟,实在惨不忍睹。更令我难以理解的是,输液室没有一张卧床,椅子还不可调。输液少说都要几个小时,让各种急病患者长期坐着是个什么滋味,医生们或医院的管理者不可能体会不到。那个疼痛不已的老人就根本坐不住。站又站不动,只能让两个女儿轮换着架住她站了几个小时!那么,为什么就不能让急病者有个躺卧的地方?你可以举出种种理由或困难来搪塞。但我仍然坚信,这决不是个条件或经费的问题。至少在从来不愁患者的省级医院,缺少的恐怕只是一个我们喊滥了也听滥了的"以人为本"而已!

雁何往

初听《鸿雁》,是在央视"星光大道"。额尔古纳乐队几位身着蒙古袍的小伙子那浑厚而低沉、如泣如诉而略带伤感的歌喉,冷不丁揪住了我的神经。"天苍苍,野茫茫,风吹草低见牛羊"的草原风情,也宛如一道醉人的清风,灌彻我的胸臆。一曲终了,我恍如被电,久久怔在电视前。下面的节目听起来那么遥远,我一遍遍在心中重温,竭力捕捉逝去的音韵。接下来,就有些不好意思了。我像个追星的孩子,连夜上网搜索,一遍遍听,一遍遍学,百听不厌,百吟不倦;还下载到手机上,路上、班上、厕上,甚至入梦前的床上,还在心头默默地"唱"。平时下意识哼几句什么时,也全是《鸿雁》——为一首歌迷,为一段情伤,或者为一种梦幻而狂,于我而言,早已是多少年之前的事了?

鸿雁,天空上/队队排成行/江水长,秋草黄/草原上琴声忧伤。

鸿雁,向南方/飞过芦苇荡/天苍茫,雁何往?/心中是北方家乡。

鸿雁,向苍天/天空有多么遥远/酒喝干,再斟满,今夜不醉不还……

——这就是《鸿雁》的歌词。很简单，却富意境。很辽阔，却很具像。可惜文字无法还原那尤为动人的音乐旋律。那份不无苍凉的沉郁，那份并不消沉的凄美，那份催人感奋的悲壮，惟闻者方可领悟！而较之许多哭天抹泪却逻辑全无、词不达意的歌曲，《鸿雁》委实是当下难得一闻的格调纯正、直指性灵之佳作。

然而这并不是我在此絮叨的主因。我想说的是，我很快发现，从我初闻此歌至今，许多时日过去了，我很少再在媒体上听到《鸿雁》，也从未听人说起或哼起它；当我说及并播给朋友们听时，虽然不无欣赏者，却也有不少人反应淡漠。尤其是年轻人，鲜有共鸣。那么，我怎么了？本来，萝卜青菜，各有所爱，艺术欣赏反应不一，再正常不过。然而，是什么让我沉醉于斯，甚至近乎走火入魔？

无疑，《鸿雁》的艺术性堪称上乘。如果它像感冒一样大流行，反可能是速朽的。至少，我这般饱经沧桑者，是不会轻易再为除了赤裸裸的"爱"或空洞无物的流行歌曲而狂的。现如今，我之所以老夫聊发少年狂，原因或许就在于，《鸿雁》与我这已届55岁之辈的心境，产生了一种神秘的共振。那顶着苍天，眷念着北方家乡，依然不屈不挠地向着南方展翅奋飞的鸿雁，原是失落已久的"我"！或者说，年事渐长，心境已难免有些"琴声忧伤"，甚至已难以抗拒不期而至的消沉、迟暮之我，魂深处原来还蠢动着再度展翅或永葆雄风的梦幻，企盼着"今夜不醉不还"的豪放吧？

果如此，甚好。至少，愿我能常念鸿雁之志，不让时光或世故刬我之羽！

以生命的名义，敬礼

"人最宝贵的是生命，生命属于人只有一次……"奥斯特洛夫这段名言，以最朴素的言辞，道出了生命最本质的定义。没有任何人会怀疑它的真理性。所以当温总理在汶川的废墟上，一次又一次地大声疾呼，只要有一丝希望，就要以百倍的努力去抢救生命时，所有的听众，所有的观众，所有的中国人，无不从心底里发出雷鸣般的赞叹！

不幸的是，生命常常在种种灾祸面前显得如此脆弱。如同汶川地震，许多人一分钟前还在和亲友互道平安，转瞬就命丧废墟！几天来，反反复复地看着那些惨不忍睹的画面，我不断地思考着生存的诡异和艰辛。相信任何人，包括你，一生中必定也会经验许多虽不如汶川地震剧烈但实质也不无惊险的命运考验。俗语道：一岁死到一百岁。实际上从另一面说出了人生的这种微妙、无常之情状——无情的水火、危险的疾病、突发的灾害，任何时候都可能有某种无法左右的因素使我们惜（或根本来不及惜）别这个危机四伏却魅力无穷的世界。仅从安全这个层面上看，一岁和一百岁真是没有任何差异的。生命之丝维系了一百年者只能说是幸运些，决不能说是更安全些——相反，倒说明了他经历过比别人多得多的危机，付出过更多的心智和体能。这就是为什么许多人会感到难以把握、左右自己的命运和安危，并将之归结为宿命的原因之一。你碰上不幸是命，逃脱不幸也是命。一切都由一个终日忙得不亦乐乎的上天在九天之上算计、安排好了。这无疑是一个最富想象力同时也可说是最省心智的发明。但我不想这么看，也不想在此讨论这个很难扯清的话题。我只想说说我此刻突然生出的一个感概——人的命运在某种层面上看，有些类似于以一根细丝悬吊于柳枝的皮虫，太多的因素会让它顷刻丧生。但是，人毕竟不是皮虫。人与皮虫乃至一切其他动物的最根本区别，在于人是一个具有主观能动性和创造性思维的高级动物。因此，在维护自身及种族之生存、发展的斗争中，大多数的人都可以算得上一个了不起的英雄！

古往今来，关于英雄的定义何止千百种，但无论如何，提起"英雄"，人们的脑海中油然浮起的总是一个叱咤风云的伟岸形象。这没错。然而，想到人生中有那么多的战争、疾病和种种飞来横祸，想到一个人从出生那天起直到死亡所必不可免地经历过、抗御过的种种艰难险阻，毫不夸张地说：每一个人每一秒钟都面临着生命的考验，每一分钟都在自觉不自觉地与形形式式的磨难、矛盾甚至死神博斗（或许此刻就有一个刚才还活蹦乱跳的人不幸命丧轮下）！我敢深情地为之一呼：生命是伟大而无与伦比的，生存本身就是一部值得大书特书的诗篇！

汶川震灾中，那些不顾个人安危，奋勇抢险者无疑是可歌可泣的英雄，而那些在废墟中苦苦坚持直到被救、甚至被救后仍然记得向救援者道一声谢的人，如那个从石缝中向救援者微笑、道谢的女孩；还有那个躺在担架上，仍吃力地举起小手向解放军敬礼的小学生，难道不也是催人泪下的英雄？

一场可怕的灾祸，让我们看到了生的艰难诡异，更让我们听到了生命的凯歌！请容我以生命的名义，向所有珍爱生命、扶助生命的人们，包括所有的志愿者，捐助者和受难者，致以最诚挚的敬礼！

酒话

没有酒的人生是苍白乏味的。醉生梦死的人生则过犹不及。

这就是我对酒的理解。其实酒之利弊无庸我说，爱喝的自有其切身体验。文人雅士也多好杯中物，且少不了写几句感受。但不少是附庸风雅或故弄玄虚之言，梁实秋的《喝酒》倒获我心。他六岁就有过酩酊体验，兀自立于椅上，用汤勺舀了勺高汤，不慌不忙浇在父亲襟上，然后倒头呼呼大睡。他对酒的评论也中肯："酒实在是妙，几杯落肚之后就会觉得飘飘然，醺醺然。平素道貌岸然的人，也会绽出笑脸；一向沉默寡言的人，也会议论风生。再灌下几杯之后，所有的苦闷烦恼全都忘了，酒酣耳热，只觉得意气飞扬，不可一世；若不及时知止，可就难免玉山颓欹，剔吐纵横，甚至撒疯骂座，以及种种的酒失酒过全部都呈现出来。"

360行，行行出状元。喝酒是不是也该评出些状元来，我把不准。但我把得准的是，善饮在中国历来是令人崇敬的壮举，也是一件可以派上大用的（如"酒杯一端、政策放宽"）、有时甚至关系到生死存亡的大本事。有些刹风景的是，好事也常会乐极生悲。喝酒也就每每被异化成某种不那么让人愉悦的文化来。洋人拿ＸＯ当琼浆,假模假式地在鼻尖上嗅呵嗅舌尖上滚呵滚的,十天半月也不舍得喝下一瓶去。咱一口就是一大杯,一干就是一大瓶。洋人也有酗酒嗜烟的,却小气巴拉地舍不得劝酒敬烟,也没怎么听说有敢和人拼酒的。咱可了不起,不断有"生命诚可贵,人格价更高,若为斗酒故,两者皆可抛"之士前赴后继。自己好醉者,多半可能是想浇酥胸中什么顽固的块垒吧?只不明白为什么还好让别人与他同醉。比如晋代那个以斗富名垂青史的石崇,逼人喝酒的手段也可谓登峰造极:你喝不喝?不喝,就杀个丫环给你看。再不喝,杀一双……当代则不用说了,多少万物种都已灭绝或濒临灭绝了,席上还在迭盆架碗地猛上珍禽异兽。豪饮之风亦推陈出新愈演愈烈。

显然我个人是不太欣赏这类壮举的。酒喝得再多,顶多算得个酒鬼,有啥子荣耀的呢?但我得坦承,我也是个喜欢整几盅的人,尤其是入席应酬,众人皆醉我独醒并不是好滋味。让我光举个橙汁站起来坐下去陪那帮呼喝喧天、称兄道弟的酒客们老半天,未免太无聊,满桌珍馐也总觉无下箸之处。至于我喝酒的水平,则从不敢也不欲夸耀。正所谓"花看半开,酒喝微醺"足矣。喝什么酒也并不是最重要的,关键还在"知止"即适度上。而酒的本质还是一剂医心疗神之药。不仅能解忧,还能提神解乏,且可娱情悦性、润滑人际关系,妙处可谓多多。但对症有度即良药,滥饮无度则毒药。

其实人生何止饮酒,凡事都离不开个度字。而国人原本是最推崇中庸的,却不知为何,总难把握好这个度。或许这和人之现实处境或天性有关?就像钟摆,我们免不了总会于一种不是患得,就是患失,不是贪婪,就是恐惧的两极状态中摇来晃去。

愿我们好自为之。

巨星之光

事出纪录片《犹他州图书馆人质劫持案》。本来，这年头劫持、凶杀之类字眼早已司空见惯，让我们欲说还休，欲叹无语了。但这回不同，有一个人，犹如暗夜里爆出的一颗耀眼巨星，使一个普通的案件具有了非同凡响的意蕴。

劫匪是个对社会人生由绝望走向仇恨的中年男子。他右手握枪，左手还握着自制爆炸物点火开关——除非握紧它，否则装满钢珠的黑火药罐就会令阅览室及其劫持的9个人质灰飞烟灭。对付他，除耐心机智的谈判、诱导外几无它法。因为倘若狙击手开枪，很难不伤及人质；更可怕的是，中弹后他必然松手，从而引爆威力无比的黑火药。然而，无论大批包围图书馆的警员作何努力都无济于事。劫匪的气焰愈发嚣张，情绪也已像呲呲作响的引信一触即发。事实上他已开始逼人质抽签，如要求再不满足，他就要按抽签结果逐个击毙人质。

就在这千钧一发之际，室内突发几声惊心动魄的枪声。警察蜂拥而入，却见中枪倒地的居然是劫匪，所有人质都安然趴伏在地，只有一个人凛然站着，手中的枪管里还冒着余烟。他是谁？又如何会有枪，并如何进入的室内？

　　他就是我眼里那颗无比辉煌的巨星。虽然他只是一名普通警官。名叫洛依德。他是第一个闻讯赶到现场的便衣警员，刚好碰见一名受命转呈劫匪要挟信的人质出来。正常的也是合情合理尽责尽职的做法是，洛依德应立刻寻求同事支援，并无单枪匹马行动甚而自入虎口之义务。但洛依德却毫不犹豫地作出让我极为震撼的决定。他让那名人质报警，自己则毫不犹豫地敲门进去，充当了又一名人质。

　　虽然他腰藏手枪，但当他意外发现劫匪还带着一松手就爆的炸药时，他事后说：我不敢轻举妄动了。但他并未放弃，而是顶着死亡威胁，坚忍而机敏地捕捉着战机。当劫匪产生些许松懈之际，他猛地跳起来，大吼一声"所有人趴下"！迅即拔枪击倒了劫匪——幸运的是，炸药因连线失灵而没有爆炸。但洛依德的伟大在于，他当时可没法预见这点。他敢于开枪的唯一动机是："我不能看着任何人质死在我面前。是以我的死来换取人质安全的时候了——他判断，只要人质及时卧倒在桌下，炸药和钢珠就可能伤不到他们。尤让我唏嘘的是，洛依德始终没有一句让我们联想起英雄或伟人的豪言壮语。"我的确想到了两个儿子，想到自己很可能会被蒙着白布抬出屋子。我让自己伤心了一分钟……""最让我高兴的不是总统的嘉奖，而是我做了件好事，人们都说我是个好人……"

　　显然，"好人"是不足以评价洛依德的，甚至英雄豪杰之类称号，在其壮举前也黯然失色。他让我油然想起"壮士一去不复还"之荆轲，和"今中国未闻有因变法而流血者……有之，请自嗣同始"之谭嗣同。但除了由衷地赞他们一声英雄、壮士，你还想得出更合适的美誉吗？其实，无论古今，还是中外，多数人都有着英雄情结，社会也倡导人们学习或效仿英雄。但当成为英雄的机会猝然而至时，懦怯或迟疑却会让凡俗如我者失之交臂。尤其是面临生死考验而你又握有自主抉择权之际。好在我们可以仰慕星光；人类的整体价值会因时不时升腾的巨星而获得升华；而个体的心灵暗角，毕竟会因人性灵光的沐浴而得着恒久的温暖与醒悟。至若真正的英雄们，正如培根所言："一个人的心智若在仁爱中行动，在天意中休息，在真理的地轴上旋转，那可谓他已到了地上的天堂了。"

诚然。巨星之光理应来自天堂。

浪漫与现实

有首禅诗流传甚广。即无门慧开禅师的"春有百花秋有月,夏有凉风冬有雪,若无闲事挂心头,便是人间好时节"。

到底是开悟之人,豁达、开朗、睿智,还不无浪漫情怀。凡夫俗子,几人堪比?禅师道得也确实在理。生而在世,如果你到了夏日就哀叹"赤日炎炎似火烧"而觉不着习习凉风的舒畅;进入冬天就畏惧"风刀霜剑严相逼"而看不到漫天飞雪的飘逸,显然是无法活人的。西谚也有类似意思,所谓有人能看到杯子里还有半杯水,有人看到的却是杯子里只剩半杯水了。显然,前者是乐观主义者,或曰开悟之人,而后者,无疑是悲观主义者了。

谁不想开悟?谁不知道乐观主义者活得潇洒快乐、因而"日日是好日"呢?然而,这世上究竟是乐观主义者多一些,还是悲观主义者多一些呢?我不得而知。我能确信的是,我自己似乎更像是个矛盾主义者,或者美其名曰现实主义者吧。即我时而是个乐观主义者,比如夏日里若得闲于树荫下高卧片刻,我会由衷地赞叹凉风好爽;时而又是个悲观主义者,比如昨夜,我就被一只该死的蚊子折腾得几乎一夜无眠。想扑它遍寻无影，灯一关它即刻哼哼于耳。此时让我想象习习凉风（空调就开着呢）非但无济于事，适足增加心头的无名怒火。最终我不得放弃了歼灭这个坏蛋的念头，（其实也困乏绝望了），总算勉强入梦。

说到蚊子，不禁又想到禅师。到底是开悟悲悯之士，据说许多和尚对蚊子是采取共处政策的。顶多驱赶出帐，甚至还以身饲之。这显然与它们的信仰有关。问题是他们睡得安稳吗？我想或许是的。别一种情状似可佐证这个看法。比如我常见露宿街头的民工呼呼酣睡——虽然时不时会于梦中抓头挠耳，毕竟他们是睡着了的。当然，这是一种无奈。白日的劳顿和条件的限制让他们被动地取了一种顺其自然的的原则，只要你咬不死我，权以我血换睡眠吧。如此看来，他们似乎也可算得上现实主义者。虽然是被动的现实主义者。

而人生里岂止只有蚊扰这种小小的烦恼呢？张爱玲就有言：人生是一袭华丽的旗袍，只是上面长满了虱子。虱子可不比蚊子，蚊子仅仅在夏日里扰人，虱子可不管你春天是不是有百花，秋天是不是有月亮的，它的哲学只有一个词：那就是吸血。何况，人生里何止只有吸血的虱子？较之烦人百倍的"虱子"都多了去了。此时你就是把春有百花秋有月当经念，恐怕也未必乐观或潇洒得起来！

当然，乐观主义本身是没错的。但有时，恐怕还得再来点"现实主义"为宜。比如对付蚊子，能扑你就扑，而且力求除恶务尽。扑不到你就承受它，或者多喷点药水、多点个灭蚊器什么的，尽管我们也不得不因此而与吸点毒雾，其效果终究要比光念叨几句百花或秋月来得实用得多。

其实，无论是春有百花还是倒春寒，秋有明月还是叶凋零，都是自然和人生不以个人意志为转移的客观规律。因之，最明智的态度应是顺乎其规律，顺乎自己的才智、机遇和境况；不以晴喜，不以阴忧。今天下雨就过雨天，明天天晴就过晴日。该做什么做什么，能做什么做什么，可做多好做多好。逆境无须多悲观，顺境不要太陶醉——能如此，未始不就是一种浪漫，一份充满禅意的福份了。

想象力

没有想象的人生是不可思议的。

发达的想象力,对于乐于科学探索或文艺创造的人来说,无疑是一种福分。

然而,人生中的许多情状却又是难以想象或不宜深究的。譬如某些富翁的第一桶金,譬如某些官员或女人的财富来源;譬如死亡——尽管我们天天看到或说到这个字眼,听到或目睹这个悲剧,但只要非关亲友或切身利害者,通常我们不会十分在意。因为我们早已"习见"而不惊了。但是且慢,一旦你联想到自己,一旦你静夜冥想其万劫不复的实质,我不知道还有几个人会不为那越想越无法消受的无涯黑暗而毛骨悚然。

现在的都市人已不兴纳凉了。因而我们已忘了夏夜高卧于竹榻上仰望星空的种种想象了。但是我还清楚地记得,幼时我曾是如何惊恐地捂住了自己的眼睛。因为我越想越难以理解,何以抵达我眼中的星光,竟会是几十、几百甚至几万年前某颗星体早已发射出来的;我们赖于存身的庞大地球原来仅仅是太阳系中一个微不足道的行星,太阳又不过是银河系中一颗微不足道的恒星;而由数千亿颗太阳般的恒星系组成的银河系外，尚有无以计数的类似银河系的河外星系存在！而这一切的一切，竟是缘于数百亿年前的一次宇宙大爆炸，大爆炸居然又产生于一个"黄豆大"的奇点，大爆炸造成的膨胀还远没有终结——如此，天上一颗星，地上一个人岂不就是笑话？因为迄今地球上的人口包括死者也抵不上一个银河系的恒星多！至于什么狮子座、仙女座等所谓会影响我们命运的星座，乃是许多太阳系似的星系组成，微渺的人儿竟敢妄称自己的命运与它们有关！那么，到底何处才是宇宙的起点，何处又是终点？爆炸前的宇宙又是怎么回事？显然，这样的穷思竭虑，对于无知的我而言，结果只能是恐惧。

唉，别管这些玄虚的了，还是现实地面对自己短暂的生活吧。然而，现实里想象力带给我们的也未必总是美妙和愉悦。有时我们甚至会被自己的想象力捉弄得哇哇乱叫，那滋味其实也不那么好受。譬如一个没多少医学知识却又想象力发达的老兄，如果某一天看了几篇医学文章，没准就会惶惶不可终日地往医院拱了；因为他的想象力告诉他必须尽快这么做，否则他就可能死于某种绝症。

类似的境况在生活中不胜枚举。听见同事在电话机旁喜笑颜开；看见某男与某女在路边谈笑风生；听说某人与某人在一起看了场电影，都可能令我们的想象力展开翩翩羽翼。于是我们便发现了一个密谋或一件桃色新闻，于是我们便切齿相传，便愤愤于言表，甚而至之，我们可怜的心儿也被妒火烤得吱吱冒油……

想象力并不总是欺骗我们的。但想象力并不完全靠得住也是显而易见的。因为没有缜密而逻辑的思辨参予，想象力便会被感性支配而胡作非为。客观现实的一个基本规律便是它的丰富性与复杂性，想象的一大缺陷则恰好是它的简单化和感情化。当我们想象某事时，常常不由自主地被自己的主观牵入一条条死胡同而全然无视别的客观因素；所谓看人挑担不吃力，正是因为我们在看人时忘了自己挑担的吃力。其实，只要设身处地，自己成为你想象的那一个或进入那一种情境，我们的理智便会帮助我们避免许多臆断。联想一些自身的经验也是克服虚幻想象的良药,比如想到我们曾如何憧憬一次美妙的旅游,结果却远不如想象的那么理想;我们曾怎样构划一次美丽的艳遇,结果却只落得一顿当头棒喝——这样,我们的想象便或可在一阵激灵之后,回到现实的坚土上来。

第二辑
静夜听风

"大佬"

近日,随一位文友去外地。接待我们者,用文友的话说,是当地一位颇有实力的商界"大佬"。什么样的人称得起大佬呢?我颇觉好奇。不过,来接我们的,是其多辆豪车之一的"路虎",安排我们住的,是当地最好的五星酒店。但最能显示其实力的,是他已在多处成功运营了多个楼盘,赚到盆满钵满。很快,我们又在这位大佬陪同下参观了他又一个已初具规模的新楼盘。塔吊隆隆,搅拌机轰鸣。工地上的热火情景,分明与现时房地产业的萧条传闻不符。

作为一介文人,我平时交往这类人物很少,对他们总有种敬而远之的莫明的隔膜感。倒也非仇富或自卑,而是对财富本身也缺乏渴望或曰想象力。所以,真正给我留下印象的,却是这"大佬"几个不经意的小细节。首先,此公已有 60 岁开外,并绝无想象中此类人惯有的颐指气使或志得意满。相反,他一袭皮风衣,一顶鸭舌帽,举止斯文如一位教师,谈吐平和则像个谦卑的学生。眉宇间,时不时还让我感到几分睿智而不无忧郁的气质。显然这与他自称雅爱古典,仰慕佛老并好作形而上之思有关。大佬中竟也有这类人物,我的思维定势受到不小冲击。深谈后才知道,他虽出身农家,却读过大学,当过秘书和市政府干部,还好写作与书法。下海后,在商圈和文坛依然有众多朋友,有此气质也就不奇怪了。而我们总不免类型化看人之习性,先入为主地将他们视为某种异类。仿佛说河南人如何,浙江人如何,其实哪儿哪儿人都是中国人,都有如何,都有不如何。所谓同中有异,异中有同。刻板而机械地看人,难免不堕入思维定势之彀中。比如这位大佬,虽然其财富远胜于我,却也和我等平民一样,有着相当惜物或干脆就是抠门的一面。晚宴毕,他指着残菜对司机道:这个,这个……统统打包,明天我煮点米饭就得了。如这是我等之为,那再正常不过。可他是大佬呀,居然也这般行迹?次日,他也来陪我们用早餐。五星酒店的自助餐可谓应有尽有,文友因而就取多了。他指着餐盘里两小块腌鱼说,太咸,不吃了。话音未落,大佬的筷子伸过来,说了声我来帮你,随即将两块腌鱼搛进嘴里。临行时,我拎起包要下楼,大佬竟又哈下腰,拾起我隔夜穿过的一次性布拖鞋,递过个塑料袋说:这鞋不错,带回家拖几天蛮好——难能的还在于,他似乎毫不介意我的诧异。

有道是性格即命运。反过来说,命运不也是性格的塑形剂吗?"大佬"的年龄、出身、经历和学养等性格要素,决定了他是今天这么个朴实到让一般人看不懂的人,却让我倍觉他的真实与可亲。汗颜之余,不禁又想起,隔夜他说过一席颇让我疑惑的话来:"钱这东西,没它时想得慌。有了又时时感到,它已成为我生命所不能承受之重。真怕我让它给害了,或者,把我的孩子给害了……"

实在说,我当时并不以为然,甚而觉得他有那么点儿矫情。而现在,我突然觉得,眼前这人还真是个不一般的"大佬"。

"漂泊"的老者

不知你注意没有，现今都市里活跃着一群估计为数不少的老者，他们都在70岁以上了，因为政府对高龄老人有免费乘车的政策，于是便几乎每天都搭乘公交，从起点站到终点站，从城东到城西，或有目的，或无目的地把凡通公交之处都逛了个——岂止一遍，而是无数个遍。实际上，每天利用公交车，在全市漂来泊去，完全已成了这批老者的生活方式，或曰某种精神寄托。

以我父亲为例吧。他是离休干部，待遇优渥，不愁吃也不愁穿。但早在多年前他就热衷于这样的生活了。离休证往胸前一挂，常常也没个计划，看到哪路车空就上去，看看哪里有点心动就下去，反正出入任何园林也不用买票，索性去逛逛或坐坐再说。可谓优哉游哉。而今老人家已年逾82岁了，腿脚亦日益不便，但有一天精神尚可，便仍要挂着拐杖，颤颤巍巍地爬上公交，一逛就是大半天，甚至一整天，有时候天擦黑了，他才蹒跚着一脸倦态回到家里。

父亲和弟弟一家住。弟弟因此常常担忧，甚至埋怨他带回的那些菜虽然便宜些，却往往又老又黄，要他别这么干了。可他满口是理，照样乐此不疲。我后来知道，我那77岁的老岳母，也有此好。稍不同的是，她在外转悠，时常还有个明确目的，如接送孙儿，到某郊区去买些便宜蔬菜，好省点钱。父亲虽然也常炫耀他又在哪里买到些便宜货，但那只是副业。他游逛的目的多半在于消磨时间，排遣孤寂。是的，孤寂。父亲和岳母都是寡居者。虽说都和儿孙住，白天家里没人照样闷得慌。老看报吧，眼睛吃不消。盯着电视吧，晚上早看得够够的了。

　　我也常为他们捏着把汗。毕竟这把年纪了，哪天脑子糊涂认不得家怎么办？而今又沸沸扬扬地，一会儿彭宇，一会儿许云鹤案地热议不休；这类消息总让我联想到父亲。万一在哪儿摔一跤，会有人搀扶他一把吗？即使平安，你老在公交车上白坐，司机不嫌，乘客也会嫌吧？可我身在南京，奈何他不得。难得回苏州，劝也不管用，父亲总说没事没事，我会当心的。高峰车我不会上，天不好也不出去。至于翻白眼的，终究是少数。不少司机对我尊敬着哪，他们懂我。

　　一句懂我，让我沉吟了许久。心里亦莫名地有些酸楚。其实我也未尝不谙他的真实心理。若非某种特殊情由，谁乐意一个人成天在外乱转呢？而他们选择"蹭"公交这种方式，又岂止为了解闷消愁或找些乐子？人老了最怕"不中用"，这种不需付出的方式，或许也意味着某种"赢得"，且可证明自己还不算老朽；而买得一些便宜货，潜意识中似乎也是一种创造，他们需要这种方式来换取自己仍有价值的感受吧？而我，既然不能为老人提供更多呵护，又有多少理由去呵止他呢？再说，独自枯坐家中，不照样有摔倒或突发急病无人知晓的风险吗？于是我只有默认，并一天天祈祷着他们平安。惟望有一天我也步入那般老境，会有更理想的生存状态。至少，不必像他们这般"漂泊"；毕竟这不是个事呵……

到底不一样

妻子要和亲戚一起去东北度假。计划定了后,她显然不放心地问了我一句:你行吗?我知道是什么意思,眉头也没皱地接了句:这有什么行不行的,你放心玩你的就是。我习惯安静,一个人吃饭也简单,怎么弄都可以……可你连洗衣机都不会开,而且,来回要15天哪,你从来没有独自在家这么长时间……这倒是事实。日常的家居生活中,我基本只管做饭。洗衣、做保洁、侍弄花草之类都是妻子的事。而且,以往妻子极少单独外出,而我则天南地北地经常跑,仅今年就去过台湾、新疆等地,时间每次都超过十天,从没想过妻子独自在家(我们的儿子在法国)有何感受,我也从没有因为在外时间长而感到有什么不适应。

没想到,一个人在家"独守空房"和与家人小别的"天涯孤旅",那滋味和感受到底还是很不一样的。后者毕竟是和同事或朋友一群人在一起,你没有孤寂感,最多时间长了,你有些想家,那时也差不多该回家了。而前者,则是独自呆在你熟悉得不能再熟悉的家中,而这"家",因为少了个朝夕厮守的人而突然变得陌生、空寞、异样起来。你所习以为常的生活之链也仿佛突然绷断了,洗衣服倒不是难事,几分钟就可以学会操作洗衣机。但总觉得有些什么不对头的状况缠上了你，房间里，心里，到处都是空落落的。尤其在漫长的晚间，你怔怔地站在床前，竟好长时间不想躺上去，有时你还会喃喃自语好一会才意识到，旁边根本没有人在听——尽管妻在家的时候，我们除了柴米油盐之类，本来话也不多，但毕竟你知道你不是一个人。现在好了，你心里的那份踏实感突然间烟消云散了。你想说什么，没人听，你做饭，一个人的量，做什么都没情没趣，吃起来也没滋没味地像在完成一个任务；你想睡觉，没人在侧——尽管平时妻睡觉时常会说梦话将我吵醒，有时还会打很响的呼噜……总之，你仿佛突然发现你的家已经不像是一个有着正常气息的家，而成了让人困惑甚至疏离的"半壁江山"，而你则成了道道地地的孤家寡人！有几天晚上我都会寞然醒来，久久怔忡着无法再入眠。甚至还想到，要是我突发急病不能自助，这深更半夜的，谁会来帮你，待妻子回来，会不会发现家里卧着一具臭尸……

真的，类似毛骨耸然的奇思怪想我还冒出过许多。但首要的是我仿佛第一次意识到：人世的缺憾实在太多而又太无奈了。仅仅因种种原因而独居的孤男寡女就何其多矣！他们长期甚至有不少人是终生品尝着的，究竟是何等滋味，我这号"幸运儿"其实是从没有设身处地地去想象过的。眼下算是有了点体会，毕竟是完全不同的两回事。虽说人有强大的适应能力，虽说习惯可以成自然，但这又是一个何等难捱且想必是漫长的过程呵？都说人生不如意事常八九，但这又算是哪一门子不如意，又有什么法子如广厦千万间一样，让这样的人生"俱欢颜"？

我想不出来。唯有默默祈祷，为"天下寒士"，也为自己。在这几乎没有一丝声光的长夜里……

我会记得你

人一生会结识多少朋友？多少朋友是经得住时间筛淘的？每当节日里大量贺卡、短信之类又在茫茫人海间飞来飞去之际，常勾起我类似的念头。我也照例会收到天南海北飞来的许多贺卡，这些贺卡一份比一份漂亮，短信的言词也一个比一个华美。但坦率说，我很少会因此感到温暖。什么事情一泛滥成时尚，就难以让人珍视，问候亦然。而且我明白，这很大程度上是因职业性质和礼节的结果，而并非真有这么多人在由衷念叨我。同样，当我也手忙脚乱地四面发出那些言辞华丽的贺卡时，大多也不过是虚应故事或礼尚往来罢了。许多美好祝辞甚至根本没从"心"里出来。这无可厚非，有个意思总比没的好。但每当此时，我总会有一种遗憾，就是有一些我真心念起他们，想寄份贺卡的旧友，却久已失去了联系。更有许多还算不上朋友却有惠于我的人，也不知现在怎样了。想向他们简单地道一声节日好亦无从说起。但他们在心中的印象，其实比一些经常见面或书信频繁的朋友更难以磨灭。比如下放时曾为我切除阑尾的耿医生，在食堂听人说我在床上滚了一夜，扔下饭碗奔来宿舍，一摸一按，即让人尽快把我送进手术室，20分钟解除了我反复多年的隐患。再如,那年元旦回山东老家探亲,被村前那虽浅却宽的沙河挡住了脚步。一个素昧平生的老汉说了声俺背你,鞋一脱就硬背上我,粗重地喘息着,蹚过刺骨的冰河,连枝烟也不接又蹚回去赶路。同样是年关,却漫天飞雪。我从苏北乡间返城,面对着一大堆东西我一筹莫展。房东劝我宽心,并让他们 15 岁的女儿挑着我几十斤的行包去送我。原以为没多远,谁知离小车站竟有十多里地。我一步一滑,自顾不暇,叫小女孩歇歇,她却怕我误车,咬牙疾行,怎么也不肯稍停。到站时担上落满积雪,她却满面潮红,喘作一团,敞开的袄襟上汗化了大片雪花……

类似的人和事举不胜举。许多时候我淡忘了他们,但终究仍会念起他们。此时却无从向他们道一声问候。可慰的是他们实际上已收到了我的"贺卡"。因为我会长久地记得并感念他们。而这是永远的"贺卡",任何奢词华藻不可比拟。

愿我也经常能有惠于人。愿更多的人会时不时记起世界上还有我这么一个朋友,并在心底里由衷地问一声:你好吗?

拯救黑猫"无良"

"无良"是家门外众多野猫中的一只。别个都长得灰不溜秋的,唯独它通体漆黑,毛色油亮而体格肥壮。盖因其吃食凶悍,一身霸气。别说兄弟姐妹,它母亲也常被它拱到一边而莫之奈何。老陈因此唤它为无良少年,简称"无良"。

老陈是我邻居。我俩都是这群野猫的施主。但我喂猫半是寄兴,半是怜悯。老陈则是个发自肺腑的爱猫人。每只猫他都起有名字,准确辨得出谁是谁的母亲或姨妈,谁谁的性格又如何。有回他问我的猫粮是什么牌子的,一本正经告诉我:小心有三聚氰氨。他不光精选猫粮,还常和太太用鱼熬汤,做一大盆面糊飨猫。

若不是老陈,"无良"恐怕早就归阴了。

那天我发现"无良"不来抢食,萎靡地缩在我家窗下草丛里,向着我声声哀唤。靠近一看,不禁头皮发麻。这家伙右前爪上竟套了个鼠夹大的铁夹子——后来老陈查明,有人在小区铁栅外放着不少铁夹板捕猫。怪不得有些猫喂着喂着就销声匿迹了。"无良"力气大,生生把铁夹从板上挣脱下来,却挣不脱牢牢夹紧爪子的铁夹子,带着它一颠颠地跑。若不及时解救，保得定最终会死于伤口感染。它那凄哀的叫，就是向我求救吧，可我靠近它时，却又本能地拖着夹子乱躲。我立刻找到老陈。老陈咝咝地抽了半晌冷气，恨恨地跺一脚：什么该杀的东西，干这种坏事！随即回家找来两副帆布手套，让我戴一副，并拿着抄鱼的网兜将猫抄住，他则用编织袋裹住"无良"，送宠物医院去想办法。可我刚一伸网兜，不解人意的"无良"就猛地蹿向花木丛中，很快就啪嗒啪嗒地没了声影。接下来的两天里，受惊的"无良"竟再不出现。我放弃了寻找，并努力不再想它，脑中偏反复浮现它的哀鸣和拖着铁夹笨拙挪动的惨相。老陈却不肯放弃。白天黑夜，花丛草堆，隔一会就四面八方到处去找，那声声呼唤听着比"无良"还焦灼。

不意一天午休后，老陈竟抖着只铁夹向我大叫："无良"得救啦！原来，老陈终于在一墙洞里发现了"无良"，便用鱼把它诱出来，一个饿虎扑食，竟把它按住。立刻狂呼我来帮忙，可我在楼上睡觉，浑然不知。还是老陈太太飞速拿来块床单裹住"无良"，老陈用老虎钳费了老大的劲，总算把铁夹取下来……

唉，"无良"何辜，蒙此劫难。无良又何幸，遇上老陈！

下套夹者，真该来看看这一幕！你可以不爱猫狗，甚至恨它，但不可馋它、害它；须想想，它不仅是条与你无害的生命，身上还投聚着别一个甚至一群人的情感在呢！

板桥怀古

说来有些惭愧，我自从 1980 年 1 月从苏州调来南京工作以后，迄今已逾 30 年了。30 余年来，我的行踪可谓天南地北，大半个中国乃至部分欧美国家都曾涉足，唯独我定居工作的南京，反而阴差阳错地，还留有许多识见上的盲区。即如雨花台区吧，虽然我就居住和工作在它的边缘，却除了一个雨花台烈士陵园，几乎再未到过其他地方。而说起来，我和"雨花"还是最有缘的。30 年来我唯一工作的单位就是一个叫《雨花》的杂志；社交或外出遇到不了解情况的人，常会把我当作是雨花台区的人——"哦，雨花台区很有名呀，你们是属于哪个部门的呀？"

好在，有缘终究要相会。这不，最近应《雨花文艺》（这才是真正的雨花台区的杂志）之邀，我有幸去板桥作了次采风游。时间虽短，印象却是老深刻了。完全可以刮目相看，肃然起敬来形容。毕竟我虽然没到过板桥，但板桥作为六朝古都南京和雨花台区的一处历史文化重镇，又是南京市、区、街道合力营造的目标要达到 35 万人口的南京卫星城——板桥新城所在地，日常的耳濡目染不说如雷贯耳，也是不绝如缕了。就说那赫然耸峙于大江畔的热门楼群"金地自在城"吧，我单位就有一多半同事评议和看过他们的房子，并至少有三个同事已经在那里购了房。而百闻就是不如一见，实地走下来，印象要比想象得还要繁荣兴盛而催人气壮得多。就这一点而言，周起源先生所编写的《板桥文史》一书中所载的对联，可谓形象生动地勾勒和概括了板桥的历史人文和美好前景——

"聚吴楚商贾通南北盐铁昔日风情冠金陵；引九州英才创千秋伟业明朝繁华傲江南"。

不过，就我个人的见识而言，此次板桥之行，还有一个更让我感到不虚此行的收获就是：原来中国人文史上极为著名的一个史实、曾让我热血沸腾而过目不忘的"新亭对泣"的发生地，新亭，就在板桥境内——而此前我只是朦胧知道，新亭在南京无疑，但具体在南京的哪个地方，偶然和朋友聊及此话题，也探询过，回答却都含混不明。只说是在南京的南部地方，应该临江云云。这虽不算大憾，毕竟是一个未解的疑窦。而此行所获《板桥文史》一书上，周起源先生专门辟有一章介绍新亭的史实与考据。虽也未完全确认，但据众多学者论证，多数还是倾向于新亭即位于板桥之说。无论从感情上还是从实地感觉上（板桥紧邻长江，历来又人文荟萃，且是不少朝代的驻军和争夺之地），我都乐意接受新亭就在板桥之说。

而新亭，是我早年读刘义庆《世说新语》留下最深刻印象的地方。而今一旦闻及，顿时又涌起绵长而难言的思古之情。

虽然这段史实熟谂者众，不妨还是容我再引用一下：

过江诸人，每至美日，辄相邀新亭，藉卉饮宴。周侯中坐而叹曰："风景不殊，正自有山河之异。"皆相视流泪。唯王丞相（导）愀然变色曰：当共戮力王室，克复神州，何至作楚囚相对！

寥寥数语，包含着的却是极为丰富的历史和人文、心理内涵。盖因中国的数千年文明史，历来是"分久必合，合久必分"，而实际上更是分得多而合得少，或曰乱得多而治得少，故而渴盼统一，思恋故国、祈求和平而难得，也就成了中国历代文人士子的集体无意识，一种深隐而绵长的痛。新亭对泣正是这样一种人文和心理符码最为真实而形象的反映和浓缩。而东晋初年，南渡的北方士人，虽一时安定却也经常心怀故国。这里的山河之异，即指长江和洛河的区别。当年在洛水边，名士高门定期举办聚会，清谈阔论，极兴而归，形成了一个极其风雅的传统。此时众人遥想当年盛况，不由悲从中来，唏嘘一片。王导及时打消了北方士人们的消极情绪。这便是史上非常著名、令人感怀而又催人奋发图强的新亭会。后世咏叹国破家亡的诗词歌赋里常常见到的"新亭"、"风景"、"山河"，就典出此次新亭会。

耐人寻味的是，斯时于新亭慷慨激昂，意气风发地铮铮豪言，要"戮力王室，克复神州"的王导，后来却成了一个颇受诟病的"愦愦"之人。突出的例证便是，当时驻扎在京口的军谘祭酒祖逖曾多次上书司马睿，坚决要求出师北伐。祖逖的要求，使司马睿左右为难。因为建立并稳固偏安朝廷在江南的统治，是当时司马睿和王导的首要任务，北伐勤王之举倒在其次了。但是他们又不愿意因直接拒绝祖逖的要求，而激怒一部分有志光复中原的南渡北人，更不愿意留下一个不忠于朝廷的恶名。最后，司马睿和王导采取了敷衍的态度，一方面同意祖逖北伐，任命他为奋威将军、豫州刺史；另一方面则只给祖逖调拨一千人的粮廪和三千匹布，由祖逖自己去召募军队……显然，在这样的背景下，"戮力王室，克服神州"的宏图大志，最终只能成为虚话。

然而，我们是否可以就此指责王导再也无志北伐，或者色厉内荏而背弃夙愿，一味地软弱偷安呢？我觉不然。历史从来不容假设，也不容冲动和过份的理想化。任何一个真正高明而理性的政治家，面对着当时那种政治局势，多半也会作出如王导一样的抉择。正所谓天下大势，顺之者昌、逆之者亡。个人哪怕你意志再强悍，再奋勇或再有为，亦不可能超越历史,逆转趋势,故只能是此一时也彼一时也。说归说,做起来,则一定要审时度势,顺势而为。而王导后来的"愦愦",一定程度上也是无奈之愤。它反映了当时南北政治军事实力对比之实况。东晋政权草创,百废待兴,军力松弛,即使举国大兴北伐壮举,能否在胡人强悍的铁蹄下全身而退也是一个未知数。历史是一种必然,虽然它有时似乎又充满了无限的可能性。因此刘义庆在《世说新语·政事》中,又纪载了王导因此而自叹的:"人言我愦愦,后人当思此愦愦。"

信哉斯言——微王导及后任者之"愦愦",焉知半壁东晋是否能勉力撑持于东南百把年,而不速朽于一次次不合时宜的北伐之短暂狂欢之中?

尽管"愦愦",尽管东晋也曾有过多次挣扎以图强,结果还是湮没于历史的劫灰之中。此正所谓时也、势也、运也。然而,新亭会之不甘沉沦、发奋图强的历史意义和精神价值却并没有因此稍减。某种程度上看,它其实也是中华民族厌恶分裂、渴望统一的根本意愿,以及民族品格的形象体现。事实上,中国的历史虽经无数次反复,最终也还是运行在统一、和平、强盛的必然趋势之中。今日之桥板,乃至南京和全国的崭新"山河",无疑也是历史规律和人民诉求共振之必然产物。而其中,亦未尝没有新亭精神存焉?

回眸那拉提

什么叫美得令人窒息？什么叫绚烂得令人生疑？什么叫添之一分则腴，减之一分则瘦？什么叫得天独厚、鬼斧神工？什么叫眼前有景道不得？

那拉提是也。

我说的是新疆伊犁哈萨克自治州新源县那拉提镇，那片约数十平方公里美妙绝伦的天然牧场（又称空中草原）。说其得天独厚，是因它恰好处于适宜的经纬度，四面环绕着天山山脉绵延不绝的群山，其谷底平坦辽阔，半坡则迂缓起伏，最适宜牧草和野花的生长。而周遭的群山绝顶，终年冰盖如镜，雪峰熠熠，不仅晖映着碧澄如洗的蓝天和大团大朵立体的云彩，成为那拉提绝佳的屏障和独特的背景，还为草原提供着充沛的水份。无怪那拉提的群山都是绿的，密集挺拔着云杉和树冠浓密的榆、杨；山腰和林间的花草则异常肥美，蔓延得火一般恣肆，斑斓得令人生怜。远远望去，坡上坡下都像植了层厚厚的绒毯。不像有些草原，"草色遥看近却无"。这里的"绒毯"底色自然是油润肥厚的绿，却又决不仅仅是翠绿或青黛，一片一片妖娆明黄的野油菜花，一抹一抹娇艳火红的虞美人花，一团一团赤紫生香的紫云英和星星点点叫不上名来的奇花异葩，为这张美不胜收的大绒毯点染出异常美艳而富于层次的纹饰。

更别说那一朵朵、一簇簇散落在草场深处,白蘑菇般漂亮的哈萨克毡包,和一群群优哉游哉地喷着鼻息,甩着长尾怡然啃食的伊犁天马;还有静静地卧于花丛反刍的奶牛或嬉戏于毡房旁的小狗小羊……身处这处处洋溢着诗意和勃勃生机之桃源的观光客,几何能不深深陶醉而声声叹息:此境只宜天上有,且为自己的辞穷舌拙而大为遗憾?

诚然,任何人为的言词或描摹在自然的杰作面前,在浑朴天成的至美面前都是苍白无力的。所以我很少敢下笔写游记。道理很简单,见过者会觉得你尚未描摹出他所感之万一;没切身体验者又难以借你的文字想象出重撼你心窍的那一份质感。但这回不同,当我卧于没膝的草丛中不忍别去之际,心中浮漾的,却还有某种淡淡的隐忧。过往我见过太多的美景,在旅游大开发的热潮中面目全非。纯朴、自然、处子般童贞的那拉提,该不会重蹈它们的复辙吧?我想不至于,但又不敢确信。盖因我们人类在无言的自然面前往往太过自信,甚而可说是狂妄自大。比如我们过去总爱说人定胜天,后来又特别强调天人合一。却很少认真想想,天或自然的根本特质就在其绝对性情而纯真不虚。而人,尤其是社会中人,有几个敢自认是不带惯面具生活,不矫情做作或纯朴无暇的?以此面目,虽然你可自封是"万物之灵长,宇宙之精华",但若真想与天合一,恐怕首先得想想我们配吗?天又乐意吗?好在庄子还是明智的,他强调:"天地有大美而不言,四时有明法而不议,万物有成理而不说"。就是说,四时的序列,万物的荣枯,全仗天或宇宙的伟力所致,而天却从不妄自尊大。那么,人还有什么理由不对天多一份虔敬、膜拜和顺应,而少一点自作多情或一厢情愿?

顺便说一下,就在我离开那拉提的第九天,突闻伊犁发生了6点6级地震,而震中就在那拉提一带。我不禁为当地民众捏了把汗,衷心祈望他们都平安无恙。但我却并不为那拉提的美景担忧。"天行有常,不为尧存,不为桀亡"。地震也罢,冰雪雷雹也罢,只会让那拉提别具风采。因为其本身的魅力即来自变幻无穷的造化,天生就是大自然的骄子或不朽杰作。

第 N 个吃河豚的人

先说明，所谓第 N 个吃河豚的人，就是在下。

这里有两层意思，一是从广义上看（同时也隐含着我的敬意）：据考证，国人享用河豚，视之为天下极品美食，以至明知有毒仍趋之若鹜、不惜"拼死"以快口腹之历史，至少已有两千年以上。那么，余生也晚，当我有幸面对河豚之际，已经不知是第几代第几个品尝者了，因此只能算是第 N 个。而千百年来无以计数的先人，已经以一种在我看来至今仍称得上大无畏之精神品尝过河豚的美味，体验过"拼死"的意境；而其中的佼佼者，则积累了烹调炮制河豚以使他人可安全无虞地享用的丰富经验——这些人真可谓善莫大者，值得我为之起敬。而其他一切先人，无论吃过多少回，做过多少回，必定都各有各的"第一次"及其带来的丰富多彩的心理况味；依据鲁迅先生第一个吃螃蟹的人是勇士的逻辑，这些人的第一次，在我这样的人看来，某种程度上也都可以视为勇士。虽然比起历史上那个真正第一个吃河豚的人来说，无疑要逊色得多。但那位"第一个"，显然已不在勇士或英雄的范畴内了。因为河豚毕竟不是螃蟹，虽然它看起来远不像螃蟹那样张牙舞爪地吓人，敢于率尔尝试它者,却必定是一个"死士"。这第一个虽然更可敬,同时也未免太可悲。因为他一定是还没弄清是怎么回事,就作了糊涂鬼了。但客观说,他(及更多的他)的死给别人敲响了警钟,使后人从教训中反复摸索,找出办法,虽然肯定还有许多不幸的牺牲者,但最终却给后代们趟出了一条安全而又不无刺激性的路子,使人类多了一种可快朵颐而又可满足猎奇心和探险欲之新活法。而无论如何,那些最终科学认识到河豚之特性从而发明出独特有效的烹调法而造福于千千万万后人者,值得我们为之立一丰碑,千秋万代祭祠之。

所以我总觉得,吃河豚的意趣首先并不在于其美味,而更在于这而今已日益普通而实际仍称得上不普通的食物之多少具有的神秘性,及其某种程度的刺激性和挑战性。因而吃不吃河豚和怎么吃,就不仅是一种饮食现象,更是一种不无玩味价值的精神文化现象。

而相比起来,如我这般的吃河豚者,不仅已是第N个,且只能算得个懦夫了。

因为我从上世纪末期起,就有过多次品尝这一极品美味的机会,而"第一次"则始终珊珊来迟。就是说,当同桌人都在争相下箸而兴味盎然之际,我却敬谢不敏,一筷子也不伸。要知道,那年头河豚还未开始大规模人工养殖,因而它不仅难得,还相当昂贵,有时几乎是头面人物才能享有的待遇,而我竟然不识抬举。不是说我有多么矜持或淡定,多么地不贪口腹之欲,或多么地胆怯。早年我下放时当过外线电工,十来米的电杆乃至几十米高的铁塔都爬过——但那是我的工作,是一种必须,而吃不吃河豚在我看来并不是一种必须或生存的唯一抉择。且我性格中天生有某种成份,使得我心有狐疑,不愿冒非必要之险,亦不想为一时之快而堕入不必要的惴惴不安中。当然我也得坦承,我的确是个怕死者。但在河豚面前,我怕的其实并不是死亡这个万古长如夜之结果本身,何况我清楚地明白现代人食用河豚致死的机率不到万分之一。故而准确地说,我真正怕的是,那种由此可能产生的对死亡之恐惧与杯弓蛇影感,这滋味在我看来比"一了百了"难受百倍。因为我天生是个想象力过于活跃的家伙,比如我这天恰巧有点感冒或血压有点偏高,不吃河豚也罢,一旦下了箸,则我这号人必定会因此而捕捉任何一点蛛丝马迹,稍有些头晕或不适,定然会联想到那据说比氰化钾还毒上1千多倍的河豚毒。那份随之而来的惊惶恐怖与疑神疑鬼,可想而知是要比死亡本身或河豚的美味难以消受得多;既如此,倒不如不去弄险以安心了。虽然我也明白,这种心态在许多人看来不是神经也是杞人忧天,但在我这类于某种情形下总不免不怕一万就怕万一之人看来,任何无万全把握的事情,还是避之三舍来得妙些。这类人其实并不在少数,只是表现的场合各异罢了。君不见,明知只有上百万分之一失事率的飞机,许多人还不是照样望而却步?

也许这种个性及其带来的阴影过于浓郁,以至当河豚养殖业越益成熟,控毒河豚取代了野生河豚游上餐桌(不能不指出的是,低毒或无毒河豚对食客的魅力似也会同步下降),我可以更加确信它万无一失而终于决定伸出第一筷之际,某种心理仍然在本能地作怪,必得待同桌都吃过十分钟以上才肯下箸(尽管我也知道,这点时间并不足以证明什么,河豚中毒的潜伏期快则十分钟,慢则也有数小时之上)。为此我总要饱受同桌者的嘲讽与奚落,但我从不为所动。首先我没有道德上的顾忌,因为我比别人迟吃是我自己的事,参照别人的反应只是我之心理热身。别人吃或不吃也是他自己的选择,万一真有何意外,与我吃不吃或早吃晚吃并无干系。只是,就这点而言,我不能不成为同食者中的异类,一个从微观上说,也是同桌者中特意于第N个吃河豚的人,甚至是许多人眼中的懦弱者或卑怯者。但有什么办法呢,我就是这么个人,世界上就是有这样那样的人——更谨慎者甚而还怕被树叶砸伤头,而喜好弄险逞强者,岂止是食个河豚,徒手攀岩或极地探险也不在话下,有人还爱于万仞绝壁间无任何防护走钢索呢。同桌者,就请你包涵则个吧。好在这不仅非关道德,也非关原则或民族大义什么的。反而因我这样人的存在，让河豚这一独特的食文化又多了些趣味性和玄妙性，某种程度上说，未尝不是我之别一大贡献呢。一笑。

真正要说到贡献，河豚这种既有毒却又有美味的生物，对人类菜单丰富之贡献，对许多地方经济及文化发展之贡献，却是不容否定的。比如全国最为著名的河豚之乡、经济发展也领全国县域经济之先的扬中，据说其经济起飞之初，就曾得益于河豚之美名而每年吸引来商贸等各色人等最多达 10 万之众，河豚之贡献又焉可谓不巨？

唉，怎么说呢，小小的河豚，大大的牺牲。真正该为之立一面丰碑的，恐怕首先得是这集剧毒与美味于一身，且时而会鼓起个圆滚滚而刺茸茸却不无可爱之相的河豚兄呢！

静夜听风

　　静夜听雨,仅仅这几个字,就赋予我们多少诗意!最是那温馨的春夜,淅淅沥沥的细雨,抚着恬怡的春梦、绿肥红瘦的江南,是何等美妙意境?

　　静夜听风可就大不同了。如果说前者宛如丝竹悠悠、清泉淙淙,后者则浑似江河破堤、大漠飞沙。尤其是无雨的冬夜,听虎啸龙吟般朔风动地而来,门窗劈啪,雨蓬呻吟,耳畔嗖嗖如有利箭飞掠,心头瑟缩似万马狂踏,落英狼籍。那心境,无论如何是找不到一丝美感来的。何况晚来的风总给人以凄凉的暗示,静夜的喧嚣每不免让人心惊肉跳。所以,我们难听到对夜风的向往或讴歌。尤其是不眠的长夜或病痛的僵卧中,听萧萧风过,黯淡的心境更如夏日雷雨将骤,飞沙走石,天昏地暗。

　　当然,也有例外的人。诸如我,每于无眠之夜听风,便别有一番滋味在心头。风似乎会吹开记忆之门,听不同的风声,如同听到久远而淡忘的歌声,会将不同的往事纷纷乱乱地勾陈于眼前,牵起种种沉溺的情愫,有时竟也因之温情绵绵甚或慷慨激昂。因为我与风,曾有过一段特殊的因缘。

早年我下放煤矿，矿在太湖之中。按月休假。而休假前夜，总特别关注风情。因为交通全靠班轮，遇有6—7级风便要停航。夜来无风，睡眠便稳，有风则忧不能行，常至不寐。而假毕前夜，心情又正相反，夜风越大越是窃喜，为可在家多呆一日也。由是对风的感情忽喜忽憎，可谓自私无理，却又大可理解。这也是矿上大多数人的一般心态，算得一种特色。在矿上，我当过多年外线电工，常年在电杆甚至输电铁塔上爬上爬下。对风又别有一番敏感。高空作业，晴朗无风的日子总是顺利也舒畅得多。遇风，尤其是阴寒天，上得杆去冷而僵、不利索不说，危险也相对大些。杆顶的风比地上又格外尖利而硬朗，足可将尚未系上安全带的人吹落几十米外。所以我那时极厌风而现在每听到某种风声，眼前常会活现杆上苦苦僵持的情景。不纯然是苦味，也有淡淡的自豪在心头。去年重回故地，见到我当年架起的电杆犹在那儿为人造福，这份感情更其甘洌。即使那时，在风中的电杆上，也有别人体味不到的独特情趣。那就是活干得顺手时，听那新扯起的四根长线，如琴弦般在风中铮铮放歌，嗡嗡有韵。真个是如泣如诉，奏出我的欢悦。人越高，如在几十米的铁塔上，那风越劲，"弦"上的音乐听来也越发清长动人，有时竟令我激动不已，操起大铁扳手，铿铿猛击粗长的银线，那气势，直若壮士临风，挥剑长啸大风歌！

毕竟才二十出头，意气方遒呵！而今雄风犹在，我这气势却哪去了？连梦中也找不见它，却常从铁塔上飞落，惊醒一身冷汗。只有静静深夜，听着与当年一样的风声，才会拾到几分一样的心情。悲欤，喜欤？

风吹来多少记忆？风吹走多少故事！而风逍遥自在，无影无踪，来复去，去又来；我呢，该向谁追索飘逝的生命？

姜堰与姜氏

至今记得,多年前我初到姜堰时,天空正飘零着雨丝。星罗棋布的小村落,密如蛛网的河湖渠,全都浸润在水冷冷而雾朦朦的静谧中。待到溱潼古镇,甫一下车,鼻息中又钻进淡淡的晚炊气息,和一种诱人而又特异的油气香——街边的许多摊点上,正炸着这一方水乡特有的名产:鱼饼和虾球。

恍惚之间,一份油然而至的亲切感,浓浓的水汽般氤氲我的身心。那份温馨而熟谙的感觉,仿佛我早已在这里度过顽皮嬉闹的童年,而今又回到了故里——眼前的景致和我真实度过童年的苏州城郊几无二致:小桥、流水、密集的人家;青砖、老屋、深幽的古街……

生出这种感觉是自然的。姜堰和苏州虽地隔长江,春秋时却同属吴地。在形态和韵致间确乎有着很多的神似。"君到姑苏见,人家尽枕河"。而姜堰素有"七水穿城的风情古邑,万水交织的美丽水乡"之誉。

而此日,我心中浮漾的,更多的是一种说不清道不明的,依稀回到祖辈身边的神秘感。盖因此地名姜堰,而我正姓姜。莫非这里是我千百年来某一支先祖同宗们聚居的地方?果如是,这地方真亦可视为我的故乡，而这一族姜姓者，应该是当地的旺族，姓姜的人一定很多。可是我好奇地向当地人打问，得到的回答却让我意外而不无欣慰：姜堰并无多少姓姜之人。但姜堰的命名，确又缘于一户姓姜的望族，只因其有功于当地，遂以其姓而名之。正所谓"山不在高，有仙则灵"；而人不在多，有功则名呢。

原来，姜堰的历史由来已久。早在六七千年前，其先民便已繁衍生息于此了。而其地名，原先并不叫姜堰。据民国六年（1917年）《姜堰乡土志》："姜堰市者，姜堰镇之改称也。古名三水，以江淮湖皆积于此故名之，其水由西来至湾子口，一向东，一向北，相融回旋为罗纹而成塘，故又名罗塘"。姜堰这地名，最早出现在北宋泰州军范围内。因系水网综横地带，向多水患。北宋仁宗年间，当地富商姜仁惠、姜谔父子先后两度出钱出力，带领民众在天目山南侧筑坝治水，保护农田。后又因大水，两次南移堰址，最后迁堰至罗塘港。终于成就了当地水利建设的一块丰碑。百姓们为纪念姜氏父子，不忘他们散财出谋，率领民众筑堰的丰功，遂将大堤命名为"姜堰"，日后更将其命为地名，永志千载。

令我颇觉骄傲的是，我这位姜氏远亲姜仁惠，姜谔父子的善举亦非偶然。史载"姜氏在宋固大有闻于时"。都以乐善好施而为人称道。难能可贵的是，姜仁惠这位在某种程度上参与创造了姜堰历史的梓里先贤，并非天生富豪。其少时亦贫家子，不能读书而发愤经商，经过20多年苦心经营，始成积钱所值数十万缗之巨富。而其富而不忘其本之精神，于今犹有特别的讽世价值。除出钱筑堤之壮举外，父子两代日常还建老人堂，供养孤鳏终身；建孤儿院，成人后为之婚配。每遇荒年、时疫，则开仓赈贫，施药施棺。还购《全监书》藏学宫供士子阅读，购《全藏经》，藏金山、泰州丛林供僧人念诵……

不过客观而论，筑堤壮举还有别一面精神价值存焉：首义者姜氏父子固厥功至伟，姜堰这方水土的子民们，也大可尊敬。因为要成就一项大水利，资金外，更重要的是劳力、意志诸多因素。没有百姓的踊跃出力，众志成城，和日后的精心养护，"姜堰"云乎哉！而堰成之后，百姓却将其功劳全然记于姜氏父子一身，铭传不足，且以地名纪之。人心之善，民风之厚，亦可见其一斑也。

闲操心

有时我觉得自己真有点咸吃萝卜淡操心,太爱为一些分明与己毫无干系的人或事瞎着急。比如我经过地铁站时,常见些个停在站口揽客的小中巴司机们,打开一辆车后盖,把头排椅子翻平,四个司机拱在里面打扑克。有功夫打扑克,显然生意清淡。可他们似乎并不着急,照样玩得兴致勃勃,有人可能赢了几个小钱,还不停地吹口哨。我知道这都是所谓黑中巴,他们不需要承担税赋或者份子钱,可车损总是自己的吧,油钱总是要出吧,医保或其他社会福利则未必有吧?除了自己这张嘴,家里多半还有老婆孩子要养活吧,照这么三天打鱼两天晒网的样子,一天能挣几个钱?如果是我,愁都愁死了,他们怎么还乐得起来?

这样的人或人生,在我周边比比皆是。比如,因入住率低而小区门口那些个几乎门可罗雀的拉面馆和蔬菜、水果铺主们,终日呆在小小岗亭内的保安,还有烟酒回收店那几乎从早到晚都独自枯坐着抽闷烟的小老板,他们究竟如何捱过那一天又一天,又如何盘算或应付自己生计的?我常会暗暗窥测他们那木然的表情,试图找到答案。结果当然是徒劳的。但可以肯定的是,他们终究一天天地活下来了。而且活得好像还相当平和淡定（没准有些人还感觉很滋润）。我无法想象自己也这样过一生，尤其是像那个终日、终年独守着方寸空间、几乎与这个世界不发生任何联系的烟酒店老板的生活方式；据说他们的生意其实不错，所谓三年不开张，开张吃三年。但即使是日进斗金，这种既不自由又几乎被钉在一个点上的生活，究竟有何意义或承受的价值？反正这种日子我是一天也不想过的。

　　不过，我也明白自己是站在自己立场上看他们。如果没有现在的生活，没有一份理想的工作，我会不会也选择他们这种生活是很难说的。问题是，他们这类生活方式，是自由选择的结果吗？可能是，更多的可能是因缘际合，随波逐流或曰宿命式的结果。那些黑中巴不想当个正经合法的司机吗？可结果他们只能以这种方式来营生。堂皇的说法是分工不同，或者人各有各的活法、各有各的命运云。实际恐怕还是说生存竞争、物竞天择、适者生存甚至弱肉强食的结果来得靠谱些。我为他们着急看似同情或悲悯，实质更可能是希望社会分工或财富分配、就业机遇更合理些。同时，我也得坦承我和他们相比其实并无多少优越或庆幸感。我有的烦恼和他们的烦恼肯定不是一回事，且可能因为欲望更炽而比他们烦恼更烈也未可知。没准他们身上那份恰恰是我所缺乏的、近乎乐天知命的坚忍，是我关注他们的要因。真的，人活成什么样是一回事，怎么活则又是一回事。我和他们的一大区别可能在于，我习惯"想"着活，有时不免无病呻吟；他们则是"过"着活，通常更易于乐天知命。从这个角度说，恐怕我得多多向他们学习而不是着急才是。当然，这没准又是我的一厢臆测。发财之心，人皆有之。谁不想把日子过得优裕一些，盼头大些？若让他们来评判我的感受，会否将嘴里的烟雾喷我个一头一脸，怕也难说。

生命意志

　　我是在大约三年前留意到他的，这位我至今叫不上姓名也不打算知道他姓甚名谁的老爷子，时不时出现在我视野中，或多或少地在我心头引发某种涟漪。

　　那天，我在小区漫步时，这位老爷子叫住了我。他扶着辆红色电动自行车站在路牙边，谦恭地要求我帮他把车搬到人行道上停好。我当然照办。老爷子谢着我锁好了车。这时我才注意到，这可不是一般的老者，满面的皱纹和老年斑，眼袋突垂，头发没一根不白的，颈项和双臂全如老树枯干般糙砺。我估摸他没有80岁也差不离了，居然还骑电动车？但我没把担忧说出来，因为我觉得这可能不礼貌，且老先生向我点了点头，已向不远处的会所走去了。看着他颤巍巍的背影，我不禁起了丝敬意。不知我到了他这般年纪，还有没有这么份心气？

　　或许是有了这次经历，此后我再没见老爷子骑过车。偶尔在路上见到他，总是一个人缓慢地、蹒跚着向会所走去，或出来。是的，一个人。从没见他和任何人，比如老伴，或者像是子女、儿孙乃至朋友者同行。我不知道他住哪幢楼，也不知道他怎么生活。比如，他是独居，还是有家人或保姆给他做饭之类。总之，我见到的他，永远是一个人。当然，这是指在外面。而只要我到会所去，几乎总能见到他。那儿总有三五个或七八个老人聚在一起。老爷子不是和几个老大妈打牌，就是和一两个老头在下象棋，但其中也没一个像是他亲属。我也从没听他和谁说过话，总是静静地凝注着牌面或棋局，一语不发。偶尔我会在他身边呆一会儿，看他下棋。他也偶尔会抬头看我一眼，目光里已没了我们那次偶遇的痕迹。也许我也是行将步入这类所谓"颐养天年"者行列的人了，我对这位老爷子颇为羡慕。若我到了他这把年纪，还能如此闲适硬朗地生活，而不像许多老人一样缠绵病榻或呆在老人院无所事事、悲老叹秋，该多幸运哪？

可是近日在会所前的又一次偶遇，却几乎巅覆了我的信心。进会所有五层较高的梯阶。我见老爷子若有所思地伫立在第二层，许久，才颤颤地迈上第三层，然后又停了好久。肩膀耸动着，似在喘息。我紧走几步到他身后，果然听到他粗重而带着丝丝哮音的喘息。我担心如有阵大风，恐怕会将他吹倒——要我扶你一下吗？他偏头看我一眼，喘息让他没法出声，脸膛也明显红紫着，却神态坚决地摇了摇头。我默然退后，看着他最终跨上最后一阶，几乎一步一挪地走进会所，又坐到了棋盘前——那一天我恍然明白，那并非他挣扎而来的主要目的。

我忽然满心悲凉，却也对老爷子充满敬意。叔本华说每个人的一生都是部苦难史，靠求生存与繁殖的本能支撑。他将此表述为生命意志。这理论未免悲观。即便正确，生命意志也有强弱之别。这老爷子的意志力与自尊不仅远较我强悍，甚至有点像《老人与海》中与命运抗争的桑地亚哥："人不是生来要被打败的"！但愿我在今后的日子里，能时时记住这句话，记住这位不屈不泯的老爷子。

生命之珠

今夜我在渭塘。

想来有些玄奥。我本苏州人,少时居处就在距渭塘不过20来公里的蔚门。50余年却阴差阳错,从没到过这个早已因"中国淡水珍珠之乡"而驰名中外的江南名镇。但命运终究还是将我牵引到这里;凭窗眺望着珍珠湖畔那串串珍珠般诱人的灯火,感觉竟熟谙而亲切,毫无陌生之感。这就是乡情吧?

适逢"雷米"台风袭境,酒店屋顶一块被撕裂的铁皮在高风中呻吟了一夜,暴雨更似万马奔腾,一昼夜竟降下百余毫米。据说镇领导都赶赴各村组织防汛去了。正所谓闻风而动呵。世人都道当官好,其实还得看你当的是什么样的官;至少,当下要当个称职的乡镇干部,尤其是渭塘这样经济总量在苏南乡镇都名列前茅的乡镇干部,其背负的压力和经受的磨砺,恐怕也只有他们"甘苦寸心知"呢。而不多日前江苏还煎熬于亢旱之中,世事和人生的变幻莫测也如此!那么,渭塘的养殖珍珠和经济会不会受到影响?

好在次晨即雨消风歇,阳光灿然了。风雨洗练的渭塘如新出的珍珠般璀灿。我们的"江苏作家采珠行"也得以如期进行——两个身着蓝印布衫的船娘，一个摇橹，一个俯身水面，从长绳牵扯着的网兜里摸出几个硕大的河蚌；上得岸来当场剖开，居然一个个都孕育了数枚乃至十数枚光洁圆润的珍珠。显然，这决非短时之功，据说好珠之蚌得有数年才能长成。罗丹说，对于我们的眼睛，缺少的不是美，而是发现。刻下我们发现的，岂不就是人见人爱的大美；而孕育它们的，却是那其貌不扬黑不溜秋的普通河蚌。生活之美，都如是吗？

赞叹声中，我不禁细细把玩手中的珍珠，暗忖人类何以会如此钟情于这小小的颗粒？而关于珍珠的形成，古来就有许多神话式的传说。东方人说珍珠是晨露掉进海上呼吸的贝中形成；西人则说珍珠是圣母的乳汁凝结。更多传说则将珍珠与眼泪联系。古罗马人说它是爱神维纳斯的眼泪；或还是亚当和夏娃因犯"原罪"而悔恨之泪；我国古代"鲛人之泪"的传说中，珍珠就是所谓鲛人之泪。《天工开物》则说"凡珍珠必产于蚌腹，月影成胎"。无疑，这看法虽富诗意，却不太靠谱。我国是世界上利用珍珠最早的国家之一，早在四千年前，《尚书禹贡》中就有河蚌能产珠的记载，《诗经》《山海经》《周易》也都记载了有关珍珠的内容，向有"东方之美者也"之誉。国人对它的喜爱还体现在由此衍生出大量以珍珠美誉事物的成语。如用"掌上明珠"喻受宠爱的儿女或物品；用"珠联璧合"喻美好事物的相互映衬；用"珠圆玉润"喻歌声婉转优美或文笔流畅明快；用"珠光宝气"喻服饰或陈设之华美富丽。其中最接近本质的我以为还是"蚌病成珠"。珍珠，原是河蚌抵御外来物刺激之结晶。因而实在就是它的病，它的痛，它的赘疣和苦恼。可贵的是小小河蚌并未因此沉沦，而是于磨砺中努力分泌，顽韧地一天天长大。终于化病痛为神奇，变磨难为大美。更令人嘘叹的是，母蚌奉献其珍之日，便是她生命终止之时。因而，我们在赏玩珍珠之余，是否也应看到"蚌病"的艰辛与付出呢？

其实世间的万事万物，皆有内在的因缘和相通的逻辑。人之命运也像极了河蚌。谁的生命里不充满烦恼与挫磨,甚至危难与牺牲?而凡成功者,则必如冰心所言:"成功的花,人们只惊慕她现时的明艳!然而当初她的芽儿,浸透了奋斗的泪泉,洒遍了牺牲的血雨!"

愿我也活得坚忍些,好歹也孕些个生命之珠。

第三辑
禅意人生

春在哪里？

朱紫阳尝作一绝曰："川原红绿一时新，暮雨朝晴更可人。书册埋头何日了，不如抛却去寻春。"陆象山闻而喜曰："元晦至此觉矣。"

——《柳亭诗话》

这小诗诚清新可爱，可爱就可爱在实在。那"书册埋头何日了，不如抛却去寻春"句，唱出多少读书人之心曲！但若以为这则小典故的意义仅止于此，那您就误读太甚啦。为什么？首先因为，这小诗的作者非同寻常。原来这"朱紫阳"者，乃赫赫宋儒朱熹者也！而朱熹，程朱理学之集大成者，"存天理，灭人欲"之疾呼者，居然也"春"欲大发起来！而对于"书册埋头"，他向有一基本理论曰：

"为学之道，莫先于穷理；穷理之要，必在于读书；读书之法，莫贵于循序而致精；而致精之本，则又在于居敬而持志。"

看看，持着如此读书观者，有一天竟也会发出"不如抛却（书本）去寻春"之大逆之言。"书册"之恼人，可谓大矣！无怪陆象山要捋须乐曰："元晦（朱熹）至此觉矣。"

觉什么？当然是看破红尘，把那花花世界，"书中自有黄金屋，书中自有颜如玉"之类统统看破，弃如蔽履；"梦幻空花，何劳把捉，得失是非，一时放却"，扬鞭策马去寻春哪。

——得儿个驾……

那位若问，春在哪里？我不是朱老夫子，但我想此时之他，或也会手绕鞭梢，低吟浅唱：春在陌头杨柳色，白云深处有人家；春在若有若无处，就是不在书册里……

我这么说，并非无稽。所谓有诗为证，上引小诗即为一例。更重要的是，理学大师朱老夫子并非道学之师。他的思想观念向富禅意。所以任继愈《中国哲学史》才会称其"直接继承了禅宗思想"。

遗憾的是，继承禅宗思想和实践禅宗思想毕竟不是一码事。所以到末了，尽管时而也会发发不如抛却去寻春之慨的朱老先生，终其一生也未脱皓首穷经、老死书斋之读书人的必由之穴。其因何在？怀琏禅师一语破之：

"世法里面，迷却多少人！佛法里面，醉却多少人！"

而一部《红楼梦》，道得更明白：

"世人都晓神仙好，只有娇妻忘不了……世人都晓神仙好，只有功名忘不了……"

忘不了就忘不了吧，谁曾想，却还往往还脱不了个"君生日日说恩情，君死又随人去了……古今将相在何方，荒冢一堆草没了"之凄凉结局——

人生哪，缘何如此两难！

便逐东风又何妨

东坡守彭城，（禅僧）参寥往见之。坡遣官妓马盼盼（向参寥）索诗。参寥作绝句：有"禅心已作沾泥絮，不逐东风上下狂"之语。

——《续艤觚说》

食色，性也，因而也是人所最难克制之大欲。然而禅僧参寥则不然，他将自己的心好有一比，恰似那沾在泥泞中的柳絮，再也不可能随风轻狂，亦即心如死水，再不可能为任何色相之诱所动。参寥的道行可谓深也。然而巧的是，我的敬意还未消时，却又从苏东坡先生的《苏长公外记》中读到了别一段关于这位参寥子禅师的记载：

参寥子言：

"老杜诗去'楚江巫峡半天雨，清簟疏帘看弈棋。'此句可画。但恐画不就耳。"

仆（苏东坡）言：

"公系禅中人，亦复能爱此语耶？"

参寥云：

"譬如不事口腹人，见江瑶柱（海味珍品）岂免一朵颐（咀嚼状）哉？"

我们知道，杜甫的"楚江巫峡半云雨"，用的是巫山神女典故。出自宋玉《高唐赋》：

昔者先王尝游高唐，怠而昼寝，梦见一妇人曰：妾，巫山之女也，为高唐之客，闻君游高唐，愿荐枕席。王因幸之，去而辞曰：妾在巫山之阳，高山之阻，旦为朝云，暮为行雨，朝朝暮暮，阳台之下。

后世因此而以"云雨"为性的象征与代称。而参寥禅僧在此所言，虽然仍自比为不事口腹之人，毕竟还是坦承了他欣赏"云雨"之意，恰如见到鲜美诱人的江瑶柱一样，虽然吃不到或不敢真的去吃，终究也还是忍不住会"朵颐"几下。

如此言语，竟出自上则轶闻中那个"禅心已作沾泥絮，不逐东风上下狂"的道貌岸然者之口，是不是太矛盾了些？这倒未必，人心本来不是铁板一块，此一时也，彼一时也，今天这么说，明天那么想，正常得很。但假设一下的话，如果说这两则记载中有一个是假的，那你相信哪个是真，哪个是假？或者说，如果两则都是真的，你更乐意接受哪一个参寥的观点？老实说，我是宁愿相信后者是真的，亦即更乐意接受后者那个参寥的观念的。因为前者那个参寥似乎很可敬，却总觉得虚伪而令人感到难以亲近。后者那参寥之言虽然表面看来与禅师的身份有点儿距离，但那个参寥子却因此而显得真实也可亲得多。原因很简单，无论是禅师还是俗人，根本上都是有血有肉而活生生的人，是人就有欲，是欲就不妨承认，真心实话，没什么可以羞耻的。就是有点儿可羞，也比那满嘴的仁义道德，一肚子男盗女娼者堂皇得多。何况，别忘了禅僧们可不是一般的僧侣，他们中向不乏"活泼泼、净洒洒"的旷达而不羁之士,甚至,还有许多敢于逢场作戏、"以淫止淫"的激进者。因为他们本是超脱了一切之人,岂复为男女之大防所缚?而世间之所谓声色,原不过如慧力悟禅师所言:

"一切声,是佛声,檐前雨滴响泠泠。一切色,是佛色,觌面相呈讳不得。便怎么,若为明,碧天云外月华清。"

《五灯会元》一卷十四

"尼姑原是女人作"

禅林是庄严圣洁的修行之处，同时也是个真知灼见的发源地。禅师们面壁苦思，悟性十足之余，一不留神还会弄出点看似引人发噱却又同样大有深意存焉的名言警句来。这不，师从五台山归宗禅师学禅的智通禅师之"顿悟"，就是一例。

一天夜里，智通禅师忽然连声高叫：

"我开悟了，我开悟了！"

次日，归宗问他悟到了什么，智通充满自信地回答：

"尼姑原是女人作！"

归宗闻言居然也连连颔首，认可了智通的"创见"。

无独有偶，日本道元禅师在中国学禅十年后，回到日本。他在对人谈起自己的苦修心得时，不无自豪地说：

"我领悟到一个最深刻的真理，就是：人的眼睛是横着生，鼻子是竖着长的。"

试想，如果是你我，某一日洋洋自得地向人宣称自己的发现：尼姑原是女人作。或者，正儿八经地告诉人家：知道吗，你的眼睛是横着生，鼻子是竖着长的。闻者会作何反应？不喷饭也得把你当呆子，起码也会觉得这所谓的深刻道理，不过是十足的废话吧？

然而，如果较起真来，且不说智通和道元的说法看似朴拙，实质自有深意存焉，就是照字面意思来看，谁又能否认他们所言不是正确的事实呢？是事实就是真理。尽管它简单得让人发怵，朴实得让人起噱。我们更不能否认的是，在此背后还隐含了一个更简单却也更深刻的真理：真理往往是朴素而简单，甚至是赤裸裸的。而越是简单的事实，简单的真理，越含有深刻的内涵并越容易为人所忽视。随便举个例子吧：为人民服务，谁不知道是个真理？但有几个人能经常记得起这个简单的真理？更别说持之以恒地实践了。

这且不论。两则轶闻倒是还提醒了我们这样一个并不简单的问题：人类绵延数千年的文明、哲学，固然是博大而精深的，但是不是也存在着某种过于繁复的负面因素呢？也就是说，眼下是不是到了该还许多真理以质朴清晰之本来面目的时候了？

比方说吧，尼姑原是女人作，如此一个简单的命题，如果到了现代的巨儒大家手中，会弄成个什么样的四不像呢？仅论题，我想就不会少于"尼姑论"、"论尼姑为何物"、"尼姑是女人之滥觞与流变"、"关于未来尼姑仍将是女人之前瞻"等无穷之可能。如同《红楼梦》研究将必然与人类之未来史共存亡一样，"尼姑原是女人作"，毫无疑问也将与爱情一样，成为我们永恒的话题——我们的文明，原本就是如此这般繁荣、壮大起来的吗？

至于眼睛是横着生，鼻子是竖着长之"发现"，看似傻了点，其实也真够伟大的。不要说研究一下它为什么要横着长、竖着生在生理上有何必要，在进化中有何意义，在具体生活中又有多么无穷无尽的"可操作性"；就是从务实角度上来看，对我们的启发已够紧要的了。譬如，为什么古今中外世世代代永远会有那么多人喜欢不要命似的追明星、傍大款、巴附权贵？恐怕就在于，他们都没能像道元禅师一样，及时发现一个再简单不过的真理：那些个所谓的星啊、款啊、权贵人物啊，鼻子都竖着长，眼睛都横着生，和咱们没两样。和电视上没两样，和作报告时也没两样。更明确些（或更废话些）说，就是他们也和咱们一样，也是人，下了台也要吃饭，也要睡觉，也要拉屎，也要放屁，甚至，有时也要追个旁的什么星或傍个更大的款……

　　明乎此，他们还有那么大的稀罕吗？

"生无恋 死无畏"

人生不过百，常作千年忧。而一切忧烦，莫不是因欲而起。饮食、男女、财富、地位，无不可欲，无不可忧。即便一切都满足了，那最大的忧烦——谁也无法长生不死之现实，又来啃咬我们那本来就少得可怜的一点儿欢乐了。说到底，我们的一切痛苦，一切烦恼，皆系这万劫不变之大敌：死亡在作怪呀。怕死，是一切生命的本能，贪生，也就成了一切生物迈不过去的一道深壑。

那么，这世上真就没有不怕死的人了么？

当然不是。古今中外，人类中从来不乏视死如归的英雄好汉。然而这并不意味着他们先天就没有怕死之本能，或后天有了克服恐惧的什么法宝。可以说，他们作为人，在很多地方和怕死如鼠之庸众是并没有什么两样的。不同的是，他们舍得为了某种真理或信仰，在需要或不得已的时候，断然放弃、牺牲自己宝贵的生命。我们之所以称他们为英雄，便是敬服他们这种难能可贵的牺牲精神。

不过，林子大了，什么都有。这世上的的确确也还存在着一些个真正意义上的视死如归者，坚持某种信仰而真正地视死为乐、为求之已久的美妙归宿。在他们看来，人的身体，不过是组合成世界的地水火风诸大元素，因为一定的机缘而暂时地和合凑泊在一起，不可以错认为属于自己所有，而是属于宇宙。如此，死亡便不过是回归本源之入口而已，再平常不过。因之，他们面对死亡，无不显得极为洒脱而豁达，且毫不萦怀，言笑自若。这些人说多不多，说少倒也不少。凡持相同信仰者，可以说绝大多数都是这号"生无恋，死无畏"（道英禅师语）之徒。

诸如谭嗣同，诸如那些悟道的禅师们。

他们之不怕死，靠的也就是那个平常不过的字眼：觉悟。当然，真正意义上的觉悟。

这类人或事，在他们的世界里比比皆是。以下两则，可见一斑：

本朝（宋太祖）遣师问罪江南，后主纳土矣。而胡则者据守九江不降。大将军曹翰部曲渡江入寺，禅者惊走，（缘德禅）师淡坐如平日。翰至，不起不揖。翰怒呵曰：

"长老不闻杀人不眨眼将军乎？"

师熟视曰：

"汝安知有不惧生死和尚邪！"

翰大奇，增敬而已，曰：

"禅者（其他和尚）何为而散？"

师曰："击鼓自集。"

翰遣禅校击之，禅无至者。翰曰：

"不至何也？"

师曰："公有杀心故尔。"师自起而击之，禅者乃集。翰再拜，问决胜之策。

师曰："非禅者所知之也。"

《五灯会元》卷八

（北宋）建炎初，徐明叛，道经乌镇，肆杀戮，民多逃亡。（性空妙普禅）师独荷策而往，贼见其伟异，疑必诡伏者。问其来，师曰：

"吾禅者，欲抵密印寺。"

贼怒，欲斩之。师曰：

"大丈夫要头便斫取，奚以怒为！吾死必矣，愿得一饭以为送终。"

贼奉肉食，师如常斋。出生毕，乃曰：

"孰当为我文之以祭？"

贼笑而不答。师索笔大书曰：

"呜呼，惟灵劳我以生，则大块之过。役我以寿，则阴阳之失。乏我以贫，则五行不正。因我以命，则时日不吉。吁哉！至哉！赖有出尘之道，悟我之性，与其妙心，则其妙心，孰与为邻？上同诸佛之真化，下合凡夫之无明，纤尘不动，本自圆成。妙矣哉！妙矣哉！日月未足以为明，乾坤未足以为大。磊磊落落，无恚无碍。六十余年，和光混俗。四十二腊，逍遥自在。逢人则喜，见佛不拜。笑矣乎！笑矣乎！可惜少年郎，风流太光彩。坦然归去付春风，体似虚空终不坏。尚飨！"

举箸饫餐，贼徒大笑。食罢，复曰：

"劫数既遭离乱，我是快活烈汉。如今正好乘时，便请一刀两断。"乃大呼："斩！斩！"

贼方骇异，稽首谢过，令卫而出。乌镇之庐舍免焚，实师之惠也。

《五灯会元》卷十八

沉默是金？

相传，广主刘王诏云门文偃等禅师在宫内度夏。禅师们过从密切，日日参禅说法，好不热闹。唯独云门文偃从不与人交流，终日默默无言。宫内有一名直殿使，看出云门文偃的无言并不是他无话可说，相反，恰恰证明是一种不可测度的最上乘禅。于是他写了四句偈语，赞曰：

大智修行始是禅，禅门宜默不宜喧。
万般巧说争如实，输却云门总不言！

的确，云门的沉默无言，对于禅宗来说，是一种难得的境界。除了在外的无言，在家他也常用一个字来回答门人的提问，被传为高不可攀，颂为"一字关"。如，有僧问他："如何是云门剑？"他只答一个字曰："祖。"又问："如何是禅？"答曰："是。"又问："如何是云门一条路？"又答："亲。"又问："如何是正法眼？"又答："普。"再问："三身中那身说法？"又答："要。"

如此回答，真可谓高深莫测也！而世俗生活中也向有沉默是金的说法。相对于"万般巧说"之啰嗦或废话连篇之误导，其境不知强却凡几。而且，在禅宗看来，语言是逻辑的工具，是对世界本体的分割或束缚。因而他们主张超越语言文字，用独特的"悟"，来进入世界的本体，用非逻辑的观念和"第三只眼"来打破语言桎梏，发现逻辑之外的人生。

遗憾的是，作为一名愚钝不化的旁观者，我对这种哲学虽可理解其高妙之雅，却始终难以欣赏，更不用说实践了。因为在我看来，这种哲学再高明，却未必具有"可操作性"。将其实用或导向某种极致，总不免失之偏颇。而语言虽难精准把握世界或完整传达内心感受，却实在是人与人之间得以沟通，得以认识和联系世界的一座不可或缺的桥梁。因而它的存在本身就是一座无可撼动的大山。这是不需论证的。否则，两个人见了面，从早到晚"竟无语凝噎"，谁也闹不清对方葫芦里揣的是什么药的话，客观倒客观了，但究竟彼此"悟"了些什么捞什子，谁能说得清？而相对而言，彼此间可能造成的误会，恐怕无论如何要比开口说话来得大吧？

即便在禅门，一大群僧师终日里打坐、冥想，或一言不发地望来望去，再无二话。那光景不说有点儿瘆人，起码也太凄清混沌了点吧？没错，这些人之所以不言不语，是因为一开口就陷于执缚。所以要"于一切法无言无说无示无识"，以消灭一切对立，好入那不二法门。可入得那法门以后，他们或他们的魂儿还不说话吗？如果永远这么不哼不哈，还活个什么劲？甚至，还算得个人吗？再说，如果大家都以云门那套来相待，全不问逻辑不逻辑，问什么都吐上一个字，说什么都哼上三两声，恐怕并不是一件难事。可这到底算啥禅理，到底是何哲学？

总觉得什么事再好，终不能弄得过于极端。而语言再有缺憾，矫枉过正则可能更为荒谬。

不禁想起冯梦龙所编《广笑府》中一则关于"不语禅"的笑话。虽然它也如我一样，是在用凡俗的眼光看禅境。因而必然如语言本身的缺憾一样，讽刺得未必得法。却言之不无道理，因而至少能获得我的同感——

  一僧号不语禅，本无所识，全仗二侍者代答。适游僧来参问：
  "如何是佛？"
  时侍者他出，禅者忙迫无措，东顾复西顾。游僧又问：
  "如何是法？"
  禅不能答，看上又看下。又问：
  "如何是僧？"
  禅无奈，辄瞑目矣。又问：
  "如何是加持？"
  禅但伸手而已。游僧出，遇侍者归。游僧乃告侍者曰：
  "我问佛，禅师东顾复西顾，盖谓人有东西，佛无南北也；我问法，禅师看上看下，盖谓是法平等，无有高下也；我问僧，彼是瞑目，盖谓白云深处卧，便是一高僧也；再问加持，则伸手，盖谓接引众生也：此大禅可谓明心见性矣！"
  侍者进见僧。僧大骂曰：
  "尔等何往？不来帮我。那游僧问佛，教我东看你又不见，西看你又不见；他又问法，教我上天无路，入地无门；他又问僧，我没奈何，只假睡；他又问加持，我自愧诸事不知，做甚长老，不如伸手沿门去叫化也罢！"

  如此不语禅师者之"沉默"，于他而言，显然真算得上"金"。但对那游方僧而言，得到的亦是金么？

春色恼人眠不得

《五灯会元》有这么个小故事：

一日，台州宝藏本禅师，上堂讲道：

"清明已过十余日，华雨阑珊方寸深。春色恼人眠不得，黄鹂飞过绿杨荫。"

言毕，哈哈一笑竟下了座。

《古今谭概》说得则是：

丘琼山经过一所寺院，看见寺院的四面壁上竟都画着《崔莺莺待月西厢》的故事情节。不禁大为惊讶。就问方丈，佛中人哪里应该有这种东西？

方丈却说：

"老僧从此悟道。"

丘琼山不解：

"何处悟?"

方丈道:

"怎当他临去秋波那一转。"

美人回眸,深情一瞥,居然也有禅机存焉,这恐怕只有博大精深的禅师们才悟得到。我等凡夫俗子自是无此大觉悟的,所以方丈的话是否有那么点儿狡辩的味道,我不拟臆论。我感到有趣的是,终日参禅修道的禅师们,居然也有为春色所恼而眠不得的时候,居然也会从大俗大欲的"美色"中参悟禅旨,可见他们说到底也是凡人一个。而是凡人,就免不了三烦四恼,也少不得会有些七情六欲了。至于那方丈在参得禅机的同时,是否也满足了些许情欲,我亦不敢妄测。但即便真如是,也并不会令我因此而轻看了他们,相反,倒会觉着他更可爱,也更可亲近些。毕竟,佛法是佛法,人性是人性嘛。何况按禅宗的观点,佛法原就在"平常心"中。而禅宗之所以广为老百姓喜爱和接受,就在于他们那不拘名相、随缘放达的精神呀。

不过,佛法的根本在于戒欲,在于成为有觉悟的人(佛),目的是让人当下顿悟,断诸一切烦恼,填平所有欲壑。但听了宝藏本禅师的道,我不禁对肉身凡胎的世人能否修成此正果,持着点怀疑态度了。至少,宝藏本禅师尚有"春色恼人眠不得"的时候,我等,就更甭提啦!

到底谁"狂"?

"狂"者,按辞典的解释,有四层含义。一指精神失常,所谓疯狂、丧心病狂是也;二指猛烈,如狂风、烈马狂奔;三指纵情而无拘束,如狂喜,狂放;四即狂妄和极端的自高自大是谓。所以首先需要指出,此处谈论的"狂",仅限于第一层意思,即从精神、理性之层面而言,正常或不正常。

而之所以有此一辩,亦有感于一则禅宗典故。典出《五灯会元》卷二:

有昔同从军者二人,闻师隐遁,乃共入山寻之。既见,因谓师曰:"郎将狂邪,何为住此?"

师曰:"我狂欲醒,君狂正发。夫嗜色淫声,贪荣冒宠,流转生死,何(怎么能)由自出(拔)?"

二人感悟,叹息而去。

这里也需要略作一点解释。即上文中之"师"者,指的是智岩禅师。智岩（600 – 677），俗姓华，曲阿（今江苏丹阳）人。曾为中郎将，颇立战功。40 岁后始出家。后谒见牛头宗一世法融禅师，领悟禅旨，受命为牛头宗二世。

毫无疑问，从智岩的身世及他与两位专程上山劝其还俗的昔日部属的对话中，我们可以肯定地说，他是个神智正常而信念决绝的高僧。之所以被他的老部属目之为狂，乃源于他们对其的误解。其理由或潜台词想必便是：好端端的一个卓有战功的中郎将，怎么忽然抛却荣华富贵，遁隐山林了呢？这有悖常情之举，岂非太不正常了吗？

不正常，无疑是可以目之为狂的。

问题是，抛弃世俗的一切，作出有悖于人之常情之抉择，但神不疯，情不迷，是否便可以等同于不正常呢？

岂止不可。按智岩禅师的逻辑，他的举动还恰恰是清醒的标志。而那两个好心的部属则反而是真正的狂，且还执迷不悟，危险得很呢！"夫嗜色淫声，贪荣冒宠，流转生死，何由自出？"

听听吧——他这话何止是仅仅在对两位好心而"狂正发"的老部下而言？简直就是指着你、我、他各色人等、芸芸众生的鼻子在当头棒喝呢！这世上像智岩禅师那般遁隐山林之士，古往今来，从来就是极少数而已。而从俗恋世之人，虽说是各有各的原因，各有各的追求，但从实质上论，有几个不"嗜色淫声，贪荣冒宠"的，又有哪一个摆脱得了"流转生死"之命运的？

我们也"狂正发"吗？

而智岩，是否便因此而如他自己如相信的那样，"我狂欲醒"，因而便可能摆脱"流转生死"之命运了呢？

或者说，在我们这些旁观者看来，到底是智岩的逻辑更合理一些，还是他那两位好心的部属的逻辑更对我们脾胃一些？多数人恐怕在理论上会对智岩的言论有那么点儿共鸣，行动上则更倾向于那两位部属的——不倾向也不可能，事实上我们绝大多数人都是不可能遁隐山林、也决无一片理想的"山林"可供我们遁隐的。尽管谁的现实生活都远不能称得上如意、算得上"醒"的。但这是大多数人的选择或曰习以为常的生活方式。习以为常的东西，无论你喜欢不喜欢，它可是一种力量，一种无可小觑的制约甚至戒命。违拗它本身便形成一种痛苦，更何况还显得不那么正常！不正常者，便不能算"狂"，也离狂不远了。而谁也不欲"狂"，不是么？

这恐怕也是智岩禅师那两位部属，听了他一番高论后，虽然"感悟"，却并没有因此而立地成佛，留下来追随智岩，而是"叹息而去"的根本原因。

去则去矣，毕竟还是叹息了两声。这说明他们多少还是心有所动的。甚至，他们就此对自己习以为常的人生观和生活方式有所怀疑，以至于惶惑甚而真个"狂"起来，也未可知呢。

如果真这样的话，这两位老兄则未免有点儿迂了。因为在我看来，智岩禅师和他俩虽然都认对方为"狂"，其实则谁都不狂，且都有一定的道理；只不过彼此的角度和出发点不同，因而谈不到一块去罢了。既如此，道不同不相与谋便是，何必去深究谁醒谁不醒的呢？这世上的活法和主张，历来就纷纷纭纭，信什么就怎么过，爱什么就怎么活罢。只要不疯不傻不丧失理智不伤天害理，怎么活还不是一世人生？

这看法也许消极了些，却实在。当然，或许还有那么点儿无奈吧。

道理过剩

兄弟姐妹都是同一父母所生，争个什么？儿孙自然有儿孙的福气，担忧什么？爱占小便宜终究会吃亏，贪婪什么？纵然是再精美的食物才过舌头又会化作什么，馋什么？人死以后一文钱也带不走，吝啬什么？荣华富贵不过是眼前虚幻的空花，傲什么？冤冤相报何时才能罢休？又何必与人结下冤仇？世间的事就像下一盘棋，算计什么？聪明的反而被聪明所误，投机取巧干什么？虚假的语言会把人一生的福气都折尽，说谎干什么？谁是谁非终究会分别清楚的，有什么可以辩解的？谁能保证自己一生不出点什么事，责备别人干什么？欺负别人是祸，宽恕别人是福，求神问卜干什么？人生无常，一旦死期来临万事皆休，忙忙碌碌地干什么？

这一连串的锦言妙语，据说出自南宋时杭州净慈寺禅僧济颠，也有说是明代山人陈继儒托济公之名所作的。不管是什么人作的，读它的恐怕都得拍案叫绝，道一声有理。尤其是烦恼缠身或怀才不遇之辈，读来不说是神清气爽，起码也能出长长地出它口郁气，兴许还当下开悟，连铩它三大碗咸菜泡饭哩！这就是参禅的妙处了。据说近几十年来，不少欧美和日本学者都在研究禅宗，海峡彼岸还兴起不大不小的参禅风来，从政界要人到公司员工，都声称，无论你从事的是何职业，也无论你处在如何复杂的环境，面对如何样的烦恼，读一点禅语，会帮助你进入一个快乐无忧的人生佳境，会使人变得旷达、洒脱，活得自由自在——问题是，读过了，快乐过了，旷达起来也洒脱起来后，你还得去公司，上单位，还得在挤挤挨挨的人海中摸爬滚打，你真的会因此而自由自在、有理有节，活得光明磊落了吗？怕不见得吧？

再说呢，世人其实一个也不傻，类似济公妙语这样充满辩证思想的哲理，世上也从来都不缺，只不过说法有异，章程不同罢了。譬如说法律，比如说政策。譬如说"手莫伸，伸手必被捉"。等等，大可不必访名山，问高僧才觅得来。可世人们知道了道理后，实际上又如何行呢？上有政策，下有对策；坐在会场上作报告时，手是可以不伸的，非但不伸，还要慷慨激昂地痛斥一番伸手者；但夜黑风高时，天知地知你知我知时，伸上一回又如何？

所以说，世人患的历来不是不懂道理，而是不欲道理。更不是缺少道理，而是嫌道理过剩。所以聪明者便懂得挑挑剔剔，使自己自由自在起来；对脾胃的照单全收，让自己快乐无忧；不对脾胃的拿去束缚别人。让他们记住："荣华富贵不过是眼前虚幻的空花，傲什么？谁能保证自己一辈子不做错点什么事，责备别人干什么"？至于那"一旦死期到来万事皆休，忙忙碌碌干什么？"之类，大可一笑了之。眼下死期不还没到嘛，岂不是不拿白不拿，不争白不争？何况有些个道理原就是纸上谈谈的，一到现实里，立马便苍白甚而迂腐起来。像什么："虚假的语言会把人一生的福气折尽，说谎干什么？"实际却是，因说谎而得福的，因不说谎而折福的比比皆是，你究竟是说谎还是不说谎？而谁若不信这个邪，欲穷究其中道理的话，倒真要"聪明的反被聪明所误"了。恐怕还是各凭各的感觉，各靠各的"悟"性，"说"起来或做起来再说，要来得"旷达"而"洒脱"多喽。

佛祖也骗人？

一看这题目，你恐怕便会大起疑惑：佛祖可谓真善美之化身，谈何骗不骗人？

你别说，还真有人这么看的。而且此人还是个禅师。当然，他这也只是一种修辞，意在表明一种观念。这观念说来也毫不费解，有些费解的是道理虽明白，世世代代的人，一多半却超它不脱。不信，不妨且看且议。

典出《景德传灯录》卷十七，湖南长沙龙牙山妙济禅院居遁禅师（835－923）的一段语录：

夫参学（佛祖的）人须透过祖佛始得。新丰和尚云：（看待）祖教佛教好似冤家，始有学分（资格）。若透祖佛不得，即被祖佛谩（骗）去。"

时有僧人问：

"祖佛还有谩人之心也？"

师曰："汝道江湖还有碍人之心也无？"

又曰：

"江湖虽无碍人之心，（因）为人过不得，江湖成碍人去。不能道江湖不碍人。祖佛虽无谩人之心，为人透不得（看不穿），祖佛成谩人去。不能道祖佛不谩人。若透得祖佛过，此人过（胜）却祖佛也，始是体得祖佛意，方与古来佛祖同。如未透得，但学佛学祖，则万劫无有得期。"

很清楚，居遁禅师并非真在"恶攻"佛祖，只不过是在强调，佛祖虽无骗人之心，但如果我们在参佛学祖时，看不透其圣光，或不能有所超脱，是断不能学得其真精神的。如此，则与受其骗无异了。换言之，如果你面对佛祖，不能取平等姿态或有所俯瞰，而是一叩不起，顶礼膜拜的话，休说得益，就连学习的资格也没有，遑论其他？

其实类似的道理，世俗中人也多有指拨。如齐白石就有"学我者生，似我者死"之谓。亦颇富辩证精神。要学齐白之画，当然得"似"，但若似得一塌糊涂，笔笔有来处，画画不逾矩，毫无自己的风格或面目。那与"死"何异？即便不死，世间已有一个白石，我们尽可叹赏把玩，何须再多一个亦步亦趋的克隆货呢？

不幸的是，世上永远就是克隆货多而齐白石少，甚至到了二十一世纪，还有人只想作个克隆货——他真不懂"'克隆'者死"之道理么？我想，或许会有这样的的糊涂虫，但更多的恐怕还是心知肚明，却因了一己或一时之利，而欲借某杆大旗永远竖作他唬人的虎皮罢了。

显然，这已不是参什么学什么或怎么参怎么学的问题，似乎离我们现在要论的话题远了些，那就赶紧打住吧。但不知从今往后，聪明的真理追求者们是不是会多一些。免得那么多本来挺好的"佛祖"、"白石"或"道理"、"思想"，再被这样那样的"学者"们，糟塌成"骗术"。

呵佛骂祖

神佛都是假,谁能相信它,打破山门后,提杖走天涯。见佛我就打,见神我就骂,骂倒十万八千佛,打成一片稀泥巴。看来禅杖作用大,可以促进现代化。

——这是郭沫若先生看了关良所作《鲁智深醉打山门》画后,即兴而赋的一首诗。作为唯物主义者,先生要将神佛"打成一片稀泥巴",自然是不足为怪的。怪的是我竟在禅宗典籍中,也看到了类似的非佛而渎神的文字,且言词之大不敬,甚至污亵,远胜先生百倍!试看《五灯会元》所载唐代禅僧宣鉴是怎么说的:

"我们禅宗先辈与其他教派的看法不同,在我们这里,既没有祖师也没有佛圣。达摩是老臊胡,释迦老头子是干屎橛,文殊、普贤是挑粪汉,等觉、妙觉只是破除执见的凡夫,菩提智慧、涅槃是系驴的木桩,十二部佛经是鬼神簿,是擦拭疮脓的废纸,四类果位、三类贤者、初学佛者以及十地圣者则是守古坟的一群鬼魂,自身难保。"

呵佛骂祖,一至于此。而且,此等言辞,竟出自尽管特立不羁却毕竟仍属佛门弟子的禅宗大师之口，听起来不是太不可思议了吗？

我们常说："宗教是人民的鸦片。"这自然是指宗教对人具有精神上的迷惑和麻醉作用。可是，在许多禅师那里，非但不见其醉态，相反，却清醒得极端，叛逆得近狂！他们非但不断强调佛的本意不过就是"觉悟"，反对将佛作为法力无边的偶像来崇拜，而且竭力提升人的尊严，以致狂妄到"呵佛骂祖"的地步。这对于那些见佛就拜，逢庙敬香，到处寻求神灵庇佑，遍访高僧禅师求指点迷津的善男信女们，未免也太煞风景了吧？也许，这正是禅师们彻底"觉悟"的结果吧？

我想是的。胆识胆识，有识才有胆，而彻底觉悟了的人，的确是无所畏惧的。不是说一切皆空吗？"明镜本无物，何用勤拂拭？"既然本无物，既然并无实际的对像，那么信也好，不信也好，敬畏也罢，亵渎也罢，不都是毫无意义的了吗？而无论禅师们那么说的本意如何，所"悟"是否正确，他们敢于这么说，敢于蔑视神圣和祖宗，"敢把皇帝拉下马"的精神，无疑是世所罕匹的。

艰难的任性

"我在马路边，拣到一分钱，把它交到警察叔叔手里边……"

这首耳熟能详的儿歌，是个中国人，恐怕没有不知道的。现实中，相信大多数人碰上类似的情形，也会毫不犹豫地这么做。可是，如果你面对的不是一分钱，而是一元钱，十元钱，甚至百元、千元、万元。你也会毫不犹豫吗？如果犹豫，又会如何犹豫法呢？而不论如何犹豫，其结果却不外乎如下几种：交给"警察叔叔"；悄悄掖起，闭门偷乐；胡吃海喝，挥霍一空。即便你选择的是交公这一高尚的结果，内心里恐怕也不会不经过种种考虑。而主要的动机也不外乎这么几种：体恤失款人的焦虑；认为理当所此；为了心境平和；想要博得美名，也许美名能换来比这笔横财更大的的好处……

总而言之，面对从天而降的"一分钱"，你的心理会随此"一分钱"的多寡而波澜起伏。心定如水，视若平常，直觉得该怎么做就么做的人，想必也有，但恐怕不在多数。作为一个红尘中人，这很正常。现实中的人哪怕在他独处的时候，也决不是真正独立的、自由的。他清楚自己的任何一个行为，都将上对天，下对地，中间还有个自己的良知——

长期生活、教育形成的四维八德，伦理纲常，利害得失，都会在你将作出任何一个判断、选择时跳将出来，决定和左右你的行为。不同的是，有时候它为我们所清楚地感觉得到，有时候它表现得不那么明显，起作用的是一种习惯形成的直觉、下意识罢了。

然而，不要小看了这小小的一点儿不同，或许它就将决定你是否够得上是一个悟道之人！

我这么说，当然也不会仅仅是心血来潮。不妨也请你和我一起来品品《景德传灯录》记载的一个小故事吧：

澧州龙潭崇信禅师，本（来是）渚宫卖饼（人）家子也，未详姓氏，少而英俊。初，（道）悟和尚为灵鉴所请，住持天王寺，人莫之测。（崇信）师家居于巷，常日以十饼馈之（道悟和尚），悟受之，每食毕，常留一饼（还给崇信）曰：

"吾惠汝以荫子孙。"

（崇信）师一日自念曰：

"饼是我持去，何以返遗我耶？其别有旨乎？"遂造而问焉。

道悟曰："是汝持来，复汝何咎？"

师闻之颇晓玄旨，因请出家（为道悟之徒）。悟曰：

"汝昔崇佛善，今信吾言，可名崇信。"由是服勤左右。

一日（崇信）问曰：

"某自到来不蒙指示心要（佛法）。"

悟曰："自汝到来，吾未尝不指示心要。"

师曰："何处指示？"

悟曰："汝擎茶来，吾为汝接；汝行食来，吾为汝受；汝和南（行礼）时，吾便低首。何处不指示心要？"

师低头良久。悟曰：

"见（领悟）则直（当）下便见。拟（一）思即差（错）。"

师当下开解，乃复问：

"如何保任（持）？"

悟曰："任性逍遥，随缘放旷。但尽凡心，无别胜（更特殊的见）解。"

瞧，在道悟和尚那里，玄法大义就这么简单。别人给茶，我接受，别人行礼，我回礼。便是掌握了心要，算得个悟道之人了。而且，只须尽此平凡之心，"无别胜解"。

但是且慢。分明他还是有着一个明确的前提的。那就是"任性逍遥、随缘放旷"。而且"拟思即差"。也就是说，遇事但凭直觉，一任自性，想怎么做就怎么做，万不可顾这虑那，犹豫不决。否则，是谈不上什么任性逍遥、随缘放旷的。而谈不上这个，还谈什么心要大法呢？

而这任性逍遥、随缘放旷八个字。在云山雾罩、人迹罕至的深山古刹里，或许还可一为。若在咱这车水马龙、万头攒动的茫茫人海之中，别说修得这份功夫，只怕是连想一想都是种奢侈呢！不信？那别的不说，就请你朝马路上吐口痰，或者，闯一回红灯，看看会发生些什么！

如此看来，这心要大法，说起来倒真是没什么可难的。平常心是道嘛。但用起来，恐怕至少得先把咱厕身的环境给变上一变，才有门哪！

江上数峰青

相传,广主刘王诏云门文偃等禅师在宫内度夏。禅师们过从密切,日日参禅说法,好不热闹。唯独云门文偃从不与人交流,终日默默无言。宫内有一名直殿使,看出云门文偃的无言并不是他无话可说,相反,恰恰证明是一种不可测度的最上乘禅。于是他写了四句偈语,赞曰:

大智修行始是禅,禅门宜默不宜喧。
万般巧说争如实,输却云门总不言!

的确,云门的沉默无言,对于禅宗来说,是一种难得的境界。而世俗生活中也向有沉默是金的说法。相对于"万般巧说"之噜嗦或废话连篇之误导,其境不知强却凡几。而且,在禅宗看来,语言是逻辑的工具,是对世界本体的分割或束缚。因而他们主张超越语言文字,用独特的"悟",来进入世界的本体,用非逻辑的观念和"第三只眼"来打破语言桎梏,发现逻辑之外的人生。所以除了云门禅师外,也有一些禅师亦以惜字如金著称于世。其中一位人称高不可攀，颂其为"一字师"的禅师，就经常只以一字之答来开启弟子们的灵性。如有僧问他："如何是禅？"答曰："是。"又问："如何是正法眼？"又答："普。"再问："三身中那身说法？"又答："要。"

话说这一天，又有位游方僧慕名而来，叩首问曰："如何得道？""一字师"答道："山"。又问："如何上山？"一字师却又说："水"。游方僧大喜："弟子悟了。师傅之意莫不是说，如山般沉稳乃得道要径。如水般灵动乃悟道之门？"

一字师却哼了一声，拂袖而去。

游方僧尴尬地请教一字师的弟子，自己是不是说错了。弟子微哂："山固不动，然蓦然喷发，焰火烛天，草木为之枯焦；水诚轻滑，然恒滴穿石，泛滥决堤，人兽或为鱼鳖。山何沉稳？水岂灵动？"

游方僧倏然心动："多谢棒喝，某实悟了。"

弟子道："愿闻其详。"

游方僧一笑："'曲终人不见，江上数峰青'"。

两人相与一揖，各自离去。

叫我如何不执著

宋代上封禅师曾说过这样一段话：

菩提达摩未来中国以前，人人的心灵就象媚水之珠一般明亮澄净。个个象荆山的璞玉一样有着天然的美质，独立高耸如壁立千仞的山岩。但从二祖慧可向菩提达摩三拜以后，一个个向南去寻师问道，向北去礼拜文殊菩萨，真没有丈夫气概！或者其中有这么一个半个人，既不求诸圣人，也不自我执著，匹马单枪，把那虚幻的一切都投掷到刀刃之上，不妨一生庆幸。

像这样的人如今还有么？自是不归归便得，五湖烟景有谁争？

《五灯会元》卷十八

此言是颇值玩味的。本来这礼佛之人，"向南去寻师问道，向北去礼拜文殊菩萨"，应是再理所当然不过的。不循正道，焉成正果？那唐三藏为此而岂只是向南向北，他跋山涉水，一路向西，历尽九九八十一险，终于求得西方大法的故事，谁个不知，哪个不赞？这上封老儿却非但不赞,还把这求佛问道之人讥作"真没有丈夫气概"!言下之意,似乎原本明如媚水,纯如璞玉的一颗颗心灵,一求道反成了污泥浊流了。

然细细再品,你又不能不认可上封的话还是自成道理的。首先它符合禅宗佛法在心,只能向内求悟,不可向外求得的宗旨。其次,对一般人而言,此言也别具启迪意义。人生在世,早至牙牙学语,迟则乳口黄牙起,哪个摆脱得了毕生"求道"的大逻辑?至于"求道"之目的,"求道"的方式,"求道"付出的艰辛,"求道"带来的烦恼、争斗、倾轧则全然不在话下。在话下也视为必须付出的成本。以至于渐而渐之,"求道"本身成了目的,成了一切。这样的人,这样的人生,我们视若正常,看作理所当然。以至于到后来,如上封所云:"自是不归归便得,五湖烟景有谁争"之意境,听起来竟恍如隔世,想起来也迷迷瞪瞪,即便弄明白了,也只是淡淡一笑,甚至还要暗哂那提起之人冬烘——原本咱凑的就是一份热闹,争的就是那人人看好的东西呀,没人争的,即便是美不胜收的"五湖烟景",又有何趣?

我这么说,也许太抽象,那就举个例吧。譬如我,譬如我这圈子里最热门的职称吧。周围人,包括我,哪个不说这玩艺如今已滥到味同嚼蜡的,却哪个不在暗暗"求道",苦苦争索的?但若要"求",别的不论,考外语这一条就够我这一窍不通者喝一壶了。既如此,何若独辟蹊径,掉头而去?事实上,我也屡下决心,尤其是一试二憎都不成之时,我更是朗朗自勉:去它娘的,这么一个破玩艺,争到手来又如何?不如泛舟于五湖,逍遥于烟景,从此作个"真丈夫"。然誓音未落,却又放下屡次受挫之英语,拣起了据说好考之日语,为伊消得人憔悴去了。

"既不求诸圣人,也不自我执著,匹马单枪,把那虚幻的一切都投掷到刀刃上。不妨一生庆幸,像这样的人,如今还有吗"?

上封的意思显然是没有了。而我的看法也如是。至少我是没有看到过这样的人。这就是他这段话引起我一点共鸣之所在。问题是,究竟缘何会如此?而"自是不归归便得",如是简单的道理,又为何没人理会呢?

可惜呀，那桶面

禅宗强调"悟"，根本在于教人要看破红尘，把那花花世界视作过眼烟云。超越得失、抛弃安危、脱却生死；不仅不论是非，连那是非的辨识之心都要去掉。这在一般人看来固然有理，却未免过于消极也很难做到，因为这根本是与人性乃至本能相违的。所以世人中尽管也有高呼"看穿了"之人，骨子里却依然欲望如炽，那心头自然也就烦恼不绝了。那么"悟"道成佛的大师们，是否就真个都能"赤裸裸，净洒洒，无牵挂"，达到了彻底地无欲无求的旷达境界了呢？说实在的，我多少是有点怀疑的。

试看《续传灯录》里这两则小轶事吧。其一说：

弥光禅师上堂说：

"梦里幻影，空中虚花，何必当作实物？得失之心，是非之辩，都一齐抛掉吧。"说着，禅师就扔下了手中的拂子，说：

"如今山僧已经抛掉啦，你们各位又怎么办呢？"

妙的是，此禅师没等大家出声，紧接着又冒出了一句：

"侍者，把拂子（给我）拾起来！"

另一则说的是：

宋代著名禅师清了有一天进厨房看煮面条。忽然，那盛面条的木桶的底子脱落下来，一大桶面条洒在地上。众和尚都惊叫失声道：
"可惜呀！"
清了禅师却说：
"桶底脱（语意双关，在禅宗那里可有"想通了、"开悟"之意）自合欢喜，因什么却烦恼！"
众人说：
"只有师傅才能高兴呀。"
你道禅师怎么答？他说的是：
"确实可惜呀，一桶面！"

这两则故事，都颇幽默的。幽默就幽默在，禅师们的前言后语听起来有点矛盾，刚说一切都非实物，要统统抛掉，随即又想把拂子（实物）捡起来；才道桶底脱（悟）是好事，应该庆幸，转眼又不禁为一点面条叹惜起来。听着是不是挺好笑的？这且不管，要紧的是，他们是不是真开悟、真了断一切了呢？我们自然可以理解为，开悟了的人，不等于就不可以再有惜物之心了。甚至可以说，越是彻悟者，越懂得珍惜该珍惜的事物。但既然已将喻为"得失"之心的拂子扔了，转眼又（似乎是本能地）要将它拾将起来，终究难免舍不得之嫌。既然是舍不得，谈何彻悟呢？这是否多少是一种证明：彻底二字，难乎哉！

不过，我并不会因此而看轻了二位大师。相反，倒觉得他们因此而显得更可爱些。他们肯定较常人旷达而洒脱得多，能有他们那种"得失之心，是非之辩，都一齐扔掉吧"的觉悟和（面壁苦修的）实践，毕竟不是件容易的事情。而禅师毕竟也是人，是人就免不了会有点"确实可惜"的时候。这没有什么"可惜"的。而当可惜时则可惜，当抛弃时则抛弃，实质也并不矛盾。倘若禅师们竟"悟"到"可惜"之心都不存在的地步，还像个人吗？"悟"的目的如果是成为这样的人，还有什么意思？岂不反令人生畏甚而憎厌了吗？

可意会而不可言传

《景德传灯录》卷十二，记录了唐代重臣裴休悟道的故事。

裴休字公美，官至中书门下平章事（相当宰相）。他笃信佛教，所以在唐武宗灭佛时，他利用自己的身份对佛教多有翼护。

而这个故事说的是裴休出道前任新安节度使时的事情。当时恰好希运禅师离开黄檗山的众僧而来到大安寺院，因为不为本地僧器识，他和劳役僧人混在一起，洒扫殿堂而已。有一天裴休来此烧香，主事恭敬地接待他。观赏壁画的时候，裴休提了个问题：

"是什么图相？"

主事回答："这是高僧的肖像。"

裴休问："肖像可观看，高僧何在？"

主事和僧人都无法回答。裴休就问他们此处可有禅人，主事答道："最近倒是有个僧人，投奔到本寺作劳役，很像禅人。"

裴休说："可以把他请来询问吗？"

于是主事立刻把希运禅师找了过来。裴休看到他很高兴，说：

"我刚才有个问题,诸位大德没有回答,现在请上人代答一语。"

希运请裴休询问,裴休就问了上面的问题,希运听后便高声呼唤:"裴休!"

裴休答应了。希运就又问:"在什么地方?"

裴休当下就领悟了其中的意旨,如同获得佛经中所说的转轮法王发髻上的明珠一般高兴地说:

"我的老师你可真是高僧啊!启示别人竟如此迅疾,为什么却会埋没在这里呢?"

说老实话吧,读了此典,我也确实心有所动,仿佛被什么轻轻拂过,心境霎乎明朗了许多。但究竟是什么触动了我,或者说,我究竟是否领悟到了裴休所领悟到的东西,却又觉把不准,亦难以言表。裴休问希运的是高僧的画像在,人却何在?按通常的答案说他死了或暂时不在,肯定不是裴休所要的答案。但何以希运一个反问却使得裴休立马就"顿悟"了呢?我只能这样猜测:也许,希运的话启发他联想到,高僧在他该在的地方,如同你在你该在的地方;事物有其固有的规律,如同你也必须服从自然的规律……如果这样理解是对的,确实也是一个很有深味的意境,可以焕发出无穷的想象。问题是这也只是我的理解,你的理解未必如此,而裴休当下的理解更未必如此。但不管怎么样,我们得承认希运的回答很巧妙,他旁敲侧击,启人自省,给人以虽难言表却可意会的特殊领悟,使人轻松地臻至禅境。这,本身就是禅的有趣之处,也是禅的高妙之处吧?

确乎,禅境或曰佛法,本质上原是可意会不可言传的。恰如人生的许多况味,譬如说爱情的滋味,譬如说对一个人的印象,再譬如说当你面对旷野上那静谧的黄昏时,你再怎么能言善辩,能恰到好处地描绘出它的神秘和美丽吗?此正所谓一说就错。而不说呢,你心中朦胧感受到的那份韵致和美感,却可说是最本质的领悟。至少,你离它的距离已是

八九不离十了呢!故而希运禅师也特别强调说:

> 自达摩大师到中国,唯说一心,唯传一法。以佛传佛不说余佛,以法传法不说余法。法即不可说之法,佛即不可取之佛……
>
> 《黄檗传心法要》

奈何闲事挂心头

春天来了。桃红柳绿，风和日丽，人心为之一畅。于是扶老偕幼，人们上公园，去郊外；春也融融，情也泄泄，不亦乐乎。然而，转瞬之间，阴雨沉沉，数日不开，人心也仿佛为之壅塞……

自然界的阴晴寒热，总在默默地昭示着我们：人生亦是如此，生活亦当如此。不可能有永久的欢乐，也不可能有永久的痛苦。一切都会过去，一切都将开始。生活永远是一种跌宕起伏的过程，概莫能外，无始无终。

任何想要十全十美的愿望都是可以理解的，却是不现实的。最明智的人生态度便是顺乎社会、历史、人生的客观规律，顺乎自己的才智、机遇和境况；不以晴喜，不以阴忧。今天下雨就过雨天，明天天晴就过晴日。该做什么做什么，能做什么做什么，可做多好做多好。逆境无须多悲观，顺境不要太陶醉——能如此，便是一份充满禅意的福份了。

然而，这份明智、这种"幸福"，在现实生活中，又有多少可能？或者说，有几个人真正做得到随遇而安，又有几个人感受到了随缘自适的快乐？

也许我们都该来答一答云门文偃常问弟子的一个问题：

"我不问你十五日月圆以前如何，我只问你十五日以后有何体会？"

他的弟子的回答五花八门，各有千秋。而他自己的答案却是简简单单的一句话：日日是好日。其诗云：

春有百花秋有月，夏有凉风冬有雪。
若无闲事挂心头，便是人间好时节。

意思和一般人的看法差不到哪去，区别只在有无闲事挂心头。我们都明白随缘的理，却因种种"闲事"而无以自适。都相信"日日是好日"没错，却因"闲事"而被生活的缺憾遮蔽了视野，体会不到或根本无暇体会生活的美好。明明生活在当下，眼睛却总看着将来。刚刚收获了五斗米，转眼又预算起十担谷。这样的日子，不叹苦也罢了，谈何好呢？

也许这原是凡人和禅僧之根本区别处吧？那就随缘几分是几分，明智几分是几分吧。无论如何，就其本质而言，无论你"看到"不看到，生活着毕竟是美好的。人生总是有意义的。认识到这一点，不也别有禅机吗？

你就没个身体在？

有一个著名的传说，想必你还记得。说的是有个女尼向赵州从谂禅师请教："什么是佛法大意？"

赵州随手掐了她一把。女尼惊问：

"和尚还有这种举动？"

赵州正色答曰：

"只因你还有这个身体在。"

另一个类似的故事说的是大理学家程颢、程颐兄弟俩的事：

两兄弟一起去赴宴，程颐见席中有妓女陪酒，便拂袖而去。只有程颢若无其事地留下来，痛饮美酒，尽欢而散。次日，程颢到程颐书斋中去，程颐仍怒气未消（潜意识里兴许不止恨程颢失节，更觉得自己吃了个闷亏吧）。程颢笑道："昨日本有（妓女在），（我）心上却无；今日本无（妓女在），（你）心上却有。"

程颐支支吾吾，半晌说不上话来。

有人曾就这两则轶闻盛赞道：程颢的话很幽默，也很富禅理。而赵州从谂的举动和自辩，则充分说明他心中忘我，因而坦荡无邪。而女尼则心中有我，才会对赵州掐她一把感到惊怪。也就是说，女尼俗，缺乏禅机。而赵州高尚，大有禅意。

从这个意义上说，似乎上述看法是有道理的。但不知怎的，也许我这人也太俗了点吧，读此事，我总有那么点儿不太帖服的感觉。说白了吧，总觉得赵州和程颢的话，比起女尼的浅薄和程颐的虚伪而言，是有其高明处，却也总有一股子汰淘不了的矫揉在。再说白点，这股子气味比起程颐的虚伪来，几乎是半斤八两，好闻不到哪去。

赵州清楚自己掐的是女妮，更清楚自己这样做犯的是某种出家人的大忌，所以他才会在掐了一把以后，为自己找个堂皇的理由作掩护。当然他的话是一种隐喻，自有其深意在。但无论那"身体"指的是什么，我总不太相信，赵州自己就真的没有"身体"在。反之，如果他对女妮说的是：嚷什么？不过就是个身体而已，掐一把又何妨？我听着倒会觉得他这份坦荡无畏要可爱得多。

而程颢的举动本来比程颐来得磊落而潇洒，不回避或干脆就喜欢妓女在，虽然于他这个理学家的身份不那么相容，但既为之，则当之，倒也多少为自己添几分丈夫气概。何必又捏着鼻子酸不叽叽地扯什么本有本无的大假话（心中真无妓女的话，你那酒会喝得那么痛快？），看似道貌岸然，实质倒反不如程颐那酸文假醋的迂阔来得可喜了。

也许是特殊环境、特殊文化、特殊身份对人的压迫太大太深重了吧。国人做什么都"必也正名乎"，连大理学家大禅师也不能幸免，做什么说什么都必须来它个"美其名曰"。冠冕则冠冕了，档次却好像比真正做了什么不好的事还低了几分。

山高哪碍野云飞

唐天复年间,(善静禅师往)中南谒乐普禅师。乐普器重之,容其为入室弟子,仍典(菜)园事务,力营众事。有僧来辞别乐普,乐普曰:

"四面是山,向什么处去?
僧不能对。乐普曰:
"限汝十日内答语,得中即从汝发去。"
其僧苦思冥搜,久而无语。因经行偶入菜园,(善静)师怪问曰:
"上座岂不是辞去,今何在此?"
僧具陈所以,坚请师代为作答。师不得已,代曰:
"竹密岂妨流水过,山高哪碍野云飞?"
其僧喜踊,师嘱之曰:
"祗对和尚,不须言是善静代语也。"
僧遂告白乐普禅师。乐普曰:
"谁下此对语?"

曰："某甲（我）。"

乐普曰：

"非汝之语。"

其僧俱言园头（善静）所教。乐普至晚上堂谓众曰：

"莫轻园头善静，他日住（持）一城隍（寺院），会有五百人常随也。"

——《景德传灯录》卷二十

正所谓惺惺惜惺惺，乐普禅师不仅欣然收留善静禅师为入室弟子，而且从他的一联妙对中，准确地判断出善静是个不可多得的人才，将来必可住持一个有五百人追随他的寺院。而事实也正如善静自己所云："山高不碍野云飞。"他始而弃官出家，继而又从一个菜园管头跃升为京兆永安禅院的住持。他的灵性和乐普禅师的慧眼，同样难能可贵。

当然，这是它话。当初乐普给那个欲辞此它去的僧人所出的对子，实际上是禅宗的一个话头，所问的正是一种禅机。人的生存境界，永远如四面围山，如何才能获得自由？而自由作为一种意境，其实就是禅宗最为强调的"解脱"。换言之，四面是"山"，如何才能解脱出来？

善静禅师的答对确实很妙。同样言简意赅，亦且生动形象。只要你是流水，那竹帘再密，充其量挡得住（不悟的）鱼儿，岂能阻挡流水的自由？而同理，只要你得道如云，那四面的大山再高，又如何阻隔飘逸的野云？

问题是，如此回答，妙是够妙，却仍然难以回避这样的疑问：对于绝大多数人来说，我们毕竟是人而非流水，更非野云哪，我们如何才能挣脱祖祖辈辈传袭下来的纲常之网、例律之缚而飞得起来？

或许，不管我们是否能变作流水，化成野云，对自由的向往和追求却是完全可能，也是最根本的前提和"道行"。对此，另一名北宋禅师义青的指点，似乎就说的是类似意思。

义青禅师说：

"孤村陋店，别在那儿挂钵停留。佛祖的玄妙关隘，当下飞身而过。尽管如此，已是如同苏秦游说碰壁，难以返回家园；项羽来到乌江，怎逃穷途之命？诸位禅僧来到这里，如果前进就落在天魔之手，如果后退就陷入饿鬼之道，如果不进不退，恰又沉溺在死水之中。诸位，怎么才能得到安稳呢？"

义青禅师自己也沉吟了良久，才接着说：

"任凭你三尺大雪，压不住一寸灵松！"

《五灯会元》卷十四

什么都不是

不少禅师在回答弟子们最渴切掌握的"什么是佛法大意"等问题时,往往不正面回答,且答案五花八门,不知所云,悟性高者,或可有解,悟性稍差或如我这般的,听了反而如堕五里雾中,更摸不着头脑了。这不,信手翻翻,又见到许多这类妙答,如:"大者如兄,小者如弟";"土身木骨,五彩金装,天台榔栗";"春日鸡鸣,中秋犬吠";"庭前柏树子";"清潭对面,非佛是谁";"大好灯笼";"南面看北斗"……

我相信,如此回答,自有其奥妙。且禅宗的特点就是参话头,讲究悟性。所谓不能说,一说就错(这种说法本身,是否也有些故弄玄虚呢?),凡有悟性者,你旁敲侧击,他一点就通,没悟性者,说破天也不明白。所以,我是宁愿相信听不明白的责任全在自己的。但说句老实话,此类说法听多了,我也不免生出几分疑心,到底这佛法大意是什么,这些大师们是不是个个都弄明白了呢?有没有谁,自己也弄不明白,又不得不面对弟子,便信口雌黄或故作玄虚一番呢?因为我总觉得,佛法大意终究是佛法大意,都这般随意一说的话,到底哪个是对的?你这么说,他那么答,听起来好像什么都是(象),实质上岂不成了什么都不是(象)了吗?似乎鲁迅就说过这样的意思:当小乘教都变成大乘教的时候,佛教也就没有了。那么,当什么都是佛法大意的时候,佛法还存在吗?

这个事我恐怕是弄不明白的了,且来议议现实吧。比如诗歌,曾经贵为"文学的王冠"的诗歌,十来年前还轰轰烈烈,虽不像唐诗宋词般神圣,毕竟还广为诵读,大有读者的。而曾几何时,却衰落到"门前冷落车马稀","写诗的要比看诗的多"之地步了。其原因自然很多,但有没有自身的问题在呢?有的话,首要的是什么呢?

窃以为,什么都是诗,怎么写都行,便是最根本的因素之一。非理性,反逻辑,超现实,后现代;第三代,第四代,第八代第某代,短短几年里,新潮诗风起云涌,各领风骚三五天。什么人都能写诗,写什么都管它叫诗,"泣血的树桩在阿拉斯加跳舞";"线条告诉我,太阳不知道";"黄色的精灵,以神圣的名义。喔,呵,呜,稀里哗啦"……

既然怎么涂雅都是诗,既然除了作者谁也读不懂的玩艺也叫诗,甚至作者自己也弄不懂写了些啥,凭什么还要我来读?既然什么都是诗,那还有什么不是诗?而什么都是诗了,诗歌还会存在吗?

没有规矩,不成方圆。没有头脑,不像个人。没有内容呢?恐怕也不是个东西。这话不是对禅师说的,可也不仅仅是对诗歌说的了。

顺风使帆心自宽

人生而有欲，饮食男女，功名利禄，不管你爱也好，恨也罢，落入这尘世就脱不了这个罗网。尽管王公贵胄与贩夫走卒的活法不啻天壤，归宿却决无二途。对人生的界定也说法不一，归齐了还是最简单的一句话：拼命满足五花八门的欲望，无奈地承受失落的痛苦。

宗教尤其是禅宗，却恰好是一切人欲的化解剂。苦口婆心、循循善诱的无非也都是一句话，悟透本质，超脱欲惑，把那花花世界彻底看破。"金宵虽珍宝，在眼亦为病"。什么都没什么值得追求的。自然地，也就什么也没什么可留恋或可害怕的了。包括那人生里最大的欲望"生"和最可恶、最令人绝望的痛苦"死"。

客观地说起来，禅宗的基本观念偏于消极，对人类社会的进化发展是不利的。但对于个人尤其是身处于竞争日趋惨烈、精神疲累不堪的现代人来说，它的心理抚慰之功却是不可抹杀的。尤其是相对于一些正统佛教那一味叫人逆水行舟式地制欲灭欲的教义来，它的许多观念显得温情通达而合乎逻辑得多，因而也更易为人接受，更令人感觉到安慰。比如，细细品味一下北宋居士钱端礼的悟道之言的话，恐怕你也会如我一般,在纾解地一笑的同时,由衷地生出几分对禅理的认同感吧。

此事载于《五灯会元》卷二十:

北宋孝宗时,参知政事钱端礼居士,号松窗。师从此庵禅师而悟道,后来又对禅宗和宗派的旨趣一一作了精详的研讨。宋孝宗淳熙丙申年冬天,简堂禅师归住平田,就与他相来往。丁酉年秋天,钱端礼微感不适,写信召来简堂和国清、瑞岩禅师。

简堂和两位禅师来到他的卧室床边时,钱居士起来盘腿端坐,谈笑了一个多时辰,然后援笔写道:

浮生若梦,一切虚幻,本来就无所谓去和来。四大五蕴,必归终尽。虽然佛祖具有巨大的威力和德行,也不能避免一死。这一关口,天下老和尚和得道高僧们还有没有跳得过去的?人的身体,不过是组成世界的地水风火四大元素因为一定的机缘而暂时地和合凑泊在一起,不可以错认为属于自己所有,而是属于宇宙。大丈夫磊磊落落,能够自我把握,率性而行,顺风使帆,上下水皆可,去和留都自由自在。至于死亡,乃是既往的各位佛圣所开的使人获得大解脱的涅槃之门,复归那本来清净空寂的境界,体现着无为的大道,因而值得赞叹庆贺。我今得以如此,岂不快活!尘世的劳碌,世间的机缘,一时全部扫尽。承蒙各位山僧前来看我,都愿意为我悟道作证明,希望各位多加珍重!"

钱端礼写完,放下笔对简堂说:

"我是卧着去好,还是坐着去好呢?"

简堂说:

"相公去就是了,还管什么坐与卧呢?"

居士笑着说:

"法兄当为佛祖之道而自爱!"

说完,遂敛目而逝。

跳得出来是好手

你喜欢看书吗？写作呢？或者，你已是个汹汹股海的弄潮儿了吧？总之，生而在世，你总得做点什么，因而就必有你的爱好、追求或钻研方向。这不仅是做人的一种本能，也是生活命定的基本方式。而且，谅必你也逃不脱人的某种天性，即不论做些什么，总希望做得出色一点，成功一点，甚至精神上也要自由一点，超脱一点。那么，你试着读一点禅语吗？你相信我们的世俗生活中，也充满着禅机吗？你悟出禅宗作为一种哲学，不仅有其精神价值，也不乏实用价值吗？

当然，这也要看你如何理解。任何哲学都是抽象的，但对于理解和为它精神实质所启悟的人来说，某些玄理却又可说是十分具体而普遍适用的，所谓放之四海而皆准也。比如北宋禅师重元的这段论禅的短语吧，虽廖廖数语，却给我以不小的触动。尽管他是对僧人说的，品味起来，却象是对我、对你，甚至是整个人世在"棒喝"呢！

出世后，僧问：
"如何是禅？"

师曰："入笼入槛。"

僧拊掌。师曰：

"跳得出是好手。"

僧拟议，师曰：

"了。"

——《五灯会元》卷十六

面对如何是禅这无论怎么回答似乎都不嫌噜嗦的大问题，重元的回答本身就好象一篇演讲法则之示范。鞭辟入里，精妙生动。一共十个字，顶多再饶一个"了"！

的确不必再说什么了。在要求解除一切执缚的禅宗那里，把一切都看作笼槛，自然也包括禅本身在内了。但这样的回答显然是会使人糊涂的，既然禅是笼槛，还进去干什么呢？所以重元禅师紧接着来了一句："跳得出是好手"。

好一个跳得出！它概括了多么丰富的潜台词啊。试想，对于一个可以自由进出的人而言，笼槛还存在吗？换言之，笼槛本身可以说是根本不存在的。但对于修禅者的根本目的来说，是要通过修禅达到一个超脱而自在的理想境界，而要达到这一境界，必先努力修习，这就仿佛钻入了某种笼槛；而修习并不是目的，若沉迷于其本身，则无异于成了笼槛中不可自拔的永久囚徒，与学禅之初衷背道而驰。此时，能否跳得出来，又确乎成了能否真正把握禅之精神实质的关键。

其实，进得去，出得来，又何尝不是做好一切事情甚至为人处世的根本法则呢？

你读书，是为了获取知识，但若一味死读，不懂得活学活用，除了使自己成为一个金玉其外的书架子外，有什么实际意义呢？

你炒股，如果只会着眼于某只股票的涨落或股市本身的变幻，而无对全局之灵动而超脱的把握，终究只会成为一个被股价的涨落抛上摔下的股票奴而已。

即便作文吧,钻研一些作文法则,注重技巧的掌握无疑是必要的,但若将其视而为本,深陷其中而不能自拔,是断乎写不出有血有肉的好文章来的。对此,作为一个有着二十来年"编龄"的文学编辑来说,我见到的活例实在是"不要太多"。许多优秀感人的好作品,往往出自那些还远远谈不上掌握了基本理论技巧,即还未"入笼"的业余作者之手。而大学文科每年毕业出那么些高材生,但让他们谈经论道或可头头是道,若写将起来,其佼佼者就不成比例了。其因自然很多,但对于写作理论、技巧之类钻得进,出不来,恐怕不能不说是一个要因。谁都可想象得出,笼槛可不是出佳作的地方。至于某些钻研语法的专家学者们,恕我直言,他们论起语文法则来,真可谓口吐莲花,但写起文章来,却每每失之干枯。这,是否也与"笼槛"有关呢?多么希望能多看到一些生动鲜活的"学术"大作呵,而这,对于"跳得出"的"好手"而言,不算是一种奢求吧?

质言之,对于我们任何人来说,生活本身岂不也就是个"笼槛"!谁也无法决定我们不生于这个笼槛之中;我们时常抱怨活得太累,哼哼着"有点烦";我们梦里都渴望着能够"得道成仙",以便能活得轻灵一些,超脱一些。而这个身子看来却无论如何也是不可能拔得出地球去的了。然而精神呢?

也许,重元禅师"跳得出是好手",原本也是冲着我们说的吧?

为何不赞叹

（桂琛禅）师见一僧来，举拂子曰：
"还（领）会么？"
僧曰：
"谢和尚慈悲示学人！"
师曰：
"见我竖拂子便道示学人，汝每日见山见水就不示汝？"
师又见一僧来，举拂子。其僧赞叹礼拜。师曰：
"见我竖拂子便礼拜赞叹，那里扫地竖起扫帚，为什么不赞叹？"
——《景德传灯录》卷二十一

——为什么不赞叹，这问题岂不是太简单？那扫地的只是一个庸常老妪，既没高深学问，又没起码的地位，我好歹也是一僧，岂有对她赞叹之理？至于说看见山看见水也要赞叹，也有什么禅机示我，桂琛禅师是不是有点搞错？

没错。禅师反复举他的拂子，反复说明的无非还是那个在许多禅师看来都是至关紧要的命题:"平常心是道。"山水平常,但禅理亦如此平常而素朴。扫地平常,却和我们的生机息息相关。而所谓生机,岂不都是这么淡朴无华地蕴含于日常生活的柴米油盐、缝补洒扫之中吗?为什么你们只知道赞叹、神化那根本质上与扫帚并无二致的拂子?为什么你们总是对自己的生活视而不见,却热衷于向外寻求什么禅机和高深莫测的东西呢?难道真是"生活在别处吗?"

再看宝积禅师的省悟,与桂琛禅师可谓异曲同工:

(宝积)因市肆行,见一客人买猪肉。语屠家曰:
"精底割一斤来!"
屠家放下刀,叉手曰:"
"长史,哪个不是精底?"
(宝积)师于此有省。又一日出门,见了异丧,歌郎振铃云:
"红轮决定沉西去,未委魂灵往哪方?"
幕下孝子哭曰:
"哀!哀!"
(宝积)师忽身心踊动,归(将自己的省悟)举似马祖,祖印可之。

——《五灯会元》卷三

看官,听了屠夫的诘问:哪个不是精底?和那唱哭丧曲的歌郎的疑问:红轮决定西沉去,未委魂灵往哪方?哪个不是富含深沉哲理的禅语?哪句不让我们也如宝积禅师一样,跃然心动?

是呵,这就是生活,这就是禅机,这就是道呵!

而心动之余,我们是不是也会如桂琛禅师一样问一问自己,生活中处处存在着如此精深的禅理,为什么我们总是视而不见,却痴痴地到处寻求、膜拜什么"拂子"呢?

未知生，却知死

禅宗旷达，生于红尘，出乎世间，一切大彻大悟。因而大多数禅师都体现出鲜明的"生无恋，死无畏"之磊磊襟怀。有趣的是，如果不是相关典籍故弄玄虚的话，许多禅师在那个一切生命都无不本能地畏惧之的大限临头之际，不仅仍然表现得毫不萦怀，坦然若素，而且，似乎还都具有一种未卜先知，能预知自己死亡时间的特殊能耐，以至于不仅都死得安然甚至快乐，且别具一格，可谓死也死出了特色。

不信，请看以下数例：

邢州开元法明上座（和尚），依投报本（禅师）未久，深得法忍（历经磨难，坚信佛法）。后归里事落魄，多嗜酒呼卢。每大醉而唱柳永词数阕，日以为常。乡民侮之（但他我行我素），召（他）吃斋饭则拒，召饮则从。如是者十余年。乡民咸指曰"醉和尚"。一日（他）谓寺众曰：

"吾明旦当行（死），汝等无它往。"

众窃笑之。翌晨，摄衣就座，大呼曰：

"吾去矣，听吾一偈。"

众闻言奔视，（法明禅）师乃曰：

"平生醉里颠蹶，

醉里却有分别。

今宵酒醒何处，

杨柳岸晓风残月。"

言讫寂然，撼之已委蜕（去世）矣。

——《五灯会元》卷十六

至道元年春，遇安禅师将示寂（死去），有嗣子蕴仁侍立在侧。遇安禅师乃说偈示之：

"不是岭头携得事，

岂从鸡足付将来。

自古圣贤皆若此，

非吾今日为君裁。"

付嘱已，禅师澡身易衣，安坐，令舁（抬）棺至室内。良久，自入棺中。经三日，门人开棺，睹禅师右胁吉祥而卧。四众哀恸，师乃（从棺中）再起，升堂说法，诃责垂诫曰：

"此度更启吾棺者，非吾弟子。"

言讫，复入棺长往。

——《五灯会元》

（隐峰禅师）入五台，于金刚窟前将示灭。先问众曰：

"诸方迁化（去世），或坐去，或卧去，吾尝见之，还有立化（立着死）也无？"

曰："有"。

"还有倒立者否？"

曰："未尝见有。"

禅师乃倒立而化，亭亭然其衣顺体（而不下垂）。时众异就荼毗（抬去火葬），师屹然不动。远近闻者瞻睹，惊叹无已。禅师有妹为尼，时亦在彼，乃抚而咄（斥责他）曰：

"老兄，畴昔不循法律，死更荧惑于人！"

于是以手推之，（隐峰禅师）偾然而踣（僵仆在地）。

——《五灯会元》卷三

类似的事例在禅宗的记载中还有很多，禅师们活得清奇古怪，死亦五花八门，花样翻新。上述那种自己爬进棺材或倒立着死去的已够怪了，更怪或者说更潇洒的还有特意在海水退潮时，坐在木盆中，吹着铁笛，唱着歌，随波而去，当木盆翻倒在海中的一刹那间将铁笛掷向空中，慨然入水。在此过程中居然还有雅兴宣传一通水葬的好处！这些记载看上去言之凿凿，我总觉得其中或多或少有夸张成分在。但有一点却是可以相信的，即人完全可以凭籍着自己的精神和意志，扼住命运的脖子，战胜一切境遇。而禅师们的不怕死，并非源于他们有一副铁石心肠，硬是能以一不怕苦二不怕死的态度抗拒死亡，而在于他们有一种超然于生死、坦然地接受生死这样一种自然规律的觉悟。他们信奉"佛无生灭"之哲学，相信生死不过是一种循环，"如沿圆环转动，圆环既无起点，也无终点"，那又何来什么生与死之分别呢？

不过，无论这些哲学如何高明，坦率说，我在读上述记载之时，仍会觉得，禅师们如此超然而透僻的生死观，对我们凡俗之辈固有开慰和启迪之功，但其奇形百出的死法却多少仍有些作秀的意味，不足为效。至于他们为什么要作秀，我想或许是想以此给人以鼓励，或许竟是有意无意地想要掩抑那心灵深处若隐若显的无奈？我不得而知。而且这类问题想得深了，不免还有几分入骨的寒意袭上心来，所以不想也罢……

文明之累

昔有老宿（禅师），畜（养）一童子，并不知（教）规矩。有一行脚僧到，乃教童子礼仪。晚间（童子）见老宿外归，遂去问讯。老宿怪讶，遂问童子曰：

"阿谁教你？"

童曰：

"堂中某上座。"

老僧唤其僧来，问：

"上座傍家行脚，是什么心行？这童子养来二三年，幸自可怜生（怪可爱的），谁教上座破坏伊？快束装起去！"

黄昏雨淋淋地，（行脚僧）被逐出。

——《五灯会元》

养一童子，自己不教规矩，实行"愚童政策"；别人好心教化，他非但不谢，反怪其破坏，怒而逐之。老宿的心态大怪，却是典型的禅宗性格。

礼仪、规矩是人类文明的产物，也是一个人乃至一个国家是否文明，是否有文化教养的标志。老宿却对此深恶痛绝，必欲逐之而后快。这在四大皆空、鄙弃一切既有文明之束缚、"饥来吃饭，困来睡觉"且食的不是人间烟火的禅宗那里，是很自然也完全作得到的，因为他们是出世者。

其实，率性自然，无拘无束地生活，应该说也是我们一切在世间的人们共同的本愿。但没有规矩，不成方圆。世间若无章法约束，将成一盘散沙，结果是自由反被自由误，这是无须论证的。所以我们在家有家规，出门有国法，时时处处得文明着点，有教养些。无拘无束者也，永远只能是一种幻想罢了。即使一个人在家独处吧，潜移默化形成的习惯也无声无息地管束着我们的手脚，比如你高卧在家，身边没任何人管你，你也不至于会一时任性，便将墙头作画布，恣情挥洒吧？

不过，文明也的确是一柄双刃剑，利人也未免累人。有时候甚至显得太沉重了些。一个人终其一生，总得无时无刻地背着它，实在不是那么快活甚而是很无奈的事情。尤其是当它形成许多过于亢琐的繁文缛节后，作个文明人实在很够呛。不信你瞧，连那小孩子家家的，一旦进了幼儿园，也得"小手放脚上，小脚并并拢，说话先举手，才是好宝宝"！

再随便举个例子说吧：你收到张洒金红帖，要去赴一个高档宴会。这原是大好事一桩。然而，且不论你为穿什么衣服，该怎么修饰操的那份心了，就说进门时那你揖我拱的礼让，就够麻烦的了。入席时还得为一个所谓的主座而争后恐先地折腾上十几个回合；握手时那分量轻也不是重也不成，得恰到好处。好不容易将这番老套戏演完，操起了筷子，却又得一而再、再而三地起立，为这个的健康，那个的事业三番五次地干杯。闹腾够了总可以大快朵颐了吧？万万使不得，如果你忘了右手使刀，左手使叉的规矩，那可是要贻笑大方的！还有，喝汤不可出声，吃鱼不能翻身；随时想着给长者布菜；随时记着给主人或尊者敬酒；主座没动的盘子你可别擅自下筷……

你说,你这是去图快活还是找罪受呢?或许,我们拼命灌酒,你敬我干的,潜意识里也就是想以酒盖脸,谋一时轻松吧?不管怎样,每当此时,我想起那在自家山门里率性而为的老宿,总不免要为之喷饭。如果他老人家肯应邀来赴一赴我们的宴会,甭管他有多大的能耐多高明的理论,逐出去的准保是他,而不是我们的文明!

幸而我们也都习惯了。

习惯,可真是我们为人处世所必备的第一大能耐和最绝妙的铠甲呀!而那些老宿们,谅必是习惯不了,便只能躲进被文明放逐的深山老林里,去养一个他以为可爱的童子喽。即便如此,还会有个把莫明其妙的行脚僧,来破坏他好不容易造就的小环境。真是天可怜见。那多事的行脚僧,该逐!

吾即宝藏

(慧海)初至江西参见马祖,祖问曰:

"从何处来?"

曰:"越州大云寺来。"

祖曰:

"来此拟须何事?"

曰:"来求佛法。"

祖曰:

"自家宝藏不顾,抛家散走作什么!"

(慧海)遂礼拜问曰:

"阿那个(什么)是慧海自家宝藏?"

祖曰:

"即今问我者,(就)是汝宝藏。一切具足,更无欠少,使用自在,何假(必)向外寻求?"

慧海一听,立即识见了自己的本心,豁然大悟。

——《景德传灯录》卷六

慧海悟到了什么，他心里明白，我不清楚，也并无兴趣去弄清楚。因为我读此轶闻，也已若有所悟。那就是，既然马祖已告诉我，何假向外寻求，那还管别人悟得什么作甚？

至于我自己悟到了什么，可能也没多少新玩意，即：

人生在世，学无止境。学习的目的虽有所不同，基本上是脱不开明理增智，以利生存并有用于世这一根本的。而开卷有益，只要你努力学习，终究是有所收益的，这没有疑问。但人们学什么，如何学，却是有着很大差异的。许多人，包括我，常常会为学所困，不知不觉便成了一只只知机械地学习，却迷失了自我的屎壳郎。

不是吗？我们经年累月地爬呀拱呀，孜孜不倦于书海，或到处寻觅他山之石，却不知不觉地忘记了学习的本来目的，但知学，不知用或根本不打算用。比如哪儿出了个先进典型，便蝗虫般从四面八方嗡嗡而至，谓之取经。但那经是否适合自己的需要，就很少考虑。甚至压根就没打算真用，听到别处又有新的名堂，便赶紧打点行装，嗡嗡营营地又上了路。

这倒罢了，可悲的是，我们在经年累月的"学习"与寻觅中，还形成了一种习惯，即言必有出处，行必有依据，且人云亦云。一事当前，潜意识里想的是有没有"道理"，符合不符合规矩，亦即是不是"佛法"大意，就是没有自己的独立判断或个性，没有"我"。

再如写文章吧。现实主义时兴时，我们上农村，下工厂，热火朝天地深入生活。国门一开，西方的主义成批舶来。我们考虑的很少是这一套合不合自己的个性或实际，而是唯恐落后，唯恐被人看作土老冒，于是不亦乐乎地今天先锋，明天实验地穷追风。追来追去，看起来似乎永远很时新，实质却永远落在人家后面。写了再多东西，除了臭了一条街的"时尚"，永远看不到一星半点的"我"。

看来，与其如此，倒真不如时时向自己问上一句：

"自家宝藏不顾，抛家散走作什么！"

当然，开发自我的宝藏，肯定也不是拒绝学习的意思。关键是要明白，它山之石再好，终须经"我"之打磨削琢，方能化而为美玉。而根本目的是丰富自家宝藏，充实"我"。说到底，活在世上的这个人儿啊，是我呀！

闲来有事

　　人为财死，鸟为食亡，这是古往今来，世世代代的尘世中人难以挣脱的生存规律，不同的只是方式方法而已。所以无论古今，总有人在劳碌之余叹息太累，抱怨活得太苦，憧憬着有朝一日能"偷得浮生半日闲"，好好放松一下。至于放松后又如何，那还用问？再去打拼，再去求索，否则，如何活人哪？而且，就是真有谁发了个大财，比如得了笔巨额遗产或中了个头等大奖，多半也不会就此坐享其成，坐吃山空的。习惯成自然，自然成本能，否则，一个"正常"的世人，你叫他天天闲在家里，不出病也会精神空虚，百无聊赖，反活得索然无味的。

　　禅宗则不同。在他们那里，饱食终日，一无所为，不仅是一种可能，更关乎到信仰坚定与否这样大是大非的问题。因为在早已堪破一切的他们看来，人生在世，"一旦无常万事休，忙什么？"因而他们的宗旨就是：做无心人、无求人、无事人，过一种闲而又闲的舒适生活。至于如何才真正无心从而真正达到无求无事之境，宋代禅僧、平江府虎丘绍隆禅师有诗咏曰：

百鸟不来春又喧,
凭栏溢目水连天。
无心还似今宵月,
照见三千与大千。

而台州天台的如庵主,则是求闲态度至为坚定的身体力行者,《五灯会元》卷十六载道:

台州天台如庵主,久依法真,因看云门东山水上行语,发明己见(开悟),归隐故山,猿鹿为伍。郡守闻其风(格高),遣使逼其令住持(郡中寺院)。如庵主偈曰:
"三十年来住此山,
郡符(命令)何事到林间?
休将琐琐尘寰事,
换我一生闲又闲。"
遂焚其庐,竟不知所止。

如庵主为追求闲适的志向,竟不惜焚屋以拒官命。意志可谓坚决,处境却不那么顺利,足证一个人要想彻底闲适,也不是那么容易的。当然,运气好的也不在少数。如蓬莱禅师,不仅悠闲终生,还饱受僧俗的尊崇:

庆元府蓬莱禅师,住山30年,足不越阃(家门槛)。道俗尊仰之。师有一谒曰:
"新缝纸被烘来暖,
一觉安眠到五更。
闻得上方钟鼓动,

又添一日在浮生。"

30年没有迈过门槛一步,却活得有滋有味,这样的人生真是太悠闲了。只是,我总觉得这里面有那么点儿小问题在。且不说这种生活,是否真有可能。就是真有可能,这种生活方式到底有何意趣可言?当然,禅师或许也是在将此作为一种修行方式。但既是修行,便是一种刻意,那又谈何悠闲?既非悠闲,又似乎反证其修行尚未到家。再者,细想起来,一个人若有吃有喝,30年不出家门,其实并不困难。因为他没有比较,没有诱惑,因而相对容易心定。设若请蓬莱禅师每年下山一天,看看那花花世界,或者每年来一个人,告诉他一些外界风光。如此,他的心,还能"一觉安眠到五更",他的脚,还能长守槛内30年吗?若还能,这份"闲适",怕也不比"忙累"来得轻松吧?

人哪,忙活着不易,真正想闲将下来,亦谈何容易。或许,这世上压根儿就不曾有过我们梦中的那个"闲"!

有偈便好

清代梁绍壬的《两般秋雨庵随笔》卷六之《和尚破荤》，有如下轶事：

人馈得心大师鸡子若干枚。师大吞咽，作谒曰：
"混沌乾坤一壳包，也无皮骨也无毛。老僧带尔西天去，免在人间受一刀。"
是大慈悲，大解脱。
张献忠攻渝，见破山和尚，强之食肉。师曰：
"公不屠城，我便开戒。"，献忠允之。师乃食肉，说偈曰：
"酒肉穿肠过，佛在当中坐。"
是大功德，大作用。

廖廖数语，有事有理，更有几分幽默。不禁想起《笑林广记》中一则似乎不很相干的笑话，说的是某员外最忌食肉，凡手下犯事，轻则打手心，重则打屁股，更重的惩罚便是罚他食肉。弄得手下人不患犯错，唯恐犯的不是大错。而张献忠显然不是蠡员外，更没有幽默感。他深知食肉对于和尚是个"饿死事小，失节为大"的要害事，存了心想陷其于两难。却不料碰了个软钉子，那和尚信的是禅宗，因而不但吃肉，还吃得堂而皇之，吃出了"大功德，大作用"。而且也并不因此而有妨他的道行，正所谓"酒肉穿肠过，佛在当中坐"。相较而言，得心大师似乎气短了些，他食蛋破戒的理由似乎牵强了些，也缺乏某种道貌岸然的必要性。好在他也有一偈，说得有理有据，也较破山之偈更有诗意。于是给自己赋予了一个"大慈悲，大解脱"的责任感，破戒的意义就幡然出新，成了一次几乎不亚于破山和尚的壮举。

由此可见，破戒不破戒，在禅宗那里并不是一个机械的桎梏。只要名正言顺，有一个说得过去的理由，当然最好是有"偈"，那么，怎么做都依然是大慈悲或大功德。哪怕这在戒律森严而一丝不苟的净土宗看来，是大逆不道的败坏。对此，我要说的是，虽然我已经表示了一定程度的牵强感，且也能理解净土宗的观念（如果都像禅宗那样，戒律还有存在的必要吗？），但如果要我作一个选择，我仍然乐于信仰灵活实际而富有人情味的禅宗。

不过这样一来，禅宗的哲学从某种程度上看，似乎便与普通人的性格无甚差别了。比如，生活中，我们伸手摘下一支花来，谓之爱美；垂钩钓上一条鱼来，谓之乐趣；凡此种种，只要有一个理由（或许也包括许多"偈"），都会被视为理所当然。圣经也告诉我们，凡飞禽走兽五谷四蔬，都是主赐与我们的食物。

然而事实果真如此吗？

艳丽的花真是为满足人类的赏美而生存的吗？

鲜活的鱼真得要奉献自己的蛋白质才有价值吗？

最简单的答案是：我们不得不如此，因为我们需要生存。

然而我们并不如此回答问题。我们总要找一个美丽而堂皇的理由（或一个"偈"）——诸如乐趣，诸如爱美。这也是人与人之外一切生命的根本差别之处吧？

有知者无畏

（唐代禅僧）"破灶堕"和尚，不知其名氏，言行叵测，隐居嵩岳。（附近）山坞有庙甚灵，殿中唯安一锅灶，远近祭祀不辍，烹杀物命甚多。（破灶堕禅）师一日领侍僧入此庙，以杖敲灶三下曰：

"咄！此灶只是泥瓦合成，圣从何来！灵从何起！恁么烹宰物命！"

又打三下，灶乃倾破堕落。须臾，有一人青衣峨冠，礼拜于师前。师曰：

"是什么人？"

曰："我本此庙灶神，久受业报。今日蒙师说无生法（即认为一切事物的真实性质是无生无灭的），得脱此处，生在天中，特来致谢！"

师曰：

"吾言你本有之性，非强加于你。"

灶神再拜而没。少选，侍僧问师曰：

"某等久侍和尚，不蒙示诲，灶神得什么径旨，便得升天？"

师曰：

"我只向伊道是泥瓦合成,别也无道理给伊。"

侍僧无言。师曰:

"(领)会么?"

僧曰:

"不会。"

"本有之性,为什么不会?"

侍僧等乃礼拜。师曰:

"堕也,堕也!破也,破也!"

后义丰禅师将此事举似(告知)安国禅师,安国叹曰:

"此子领会尽(人与自然之共同本质)!可谓朗月处空,无不见者。"
破灶堕禅师之号即因此事而得。

《五灯会元》卷二

　　这个破灶堕和尚的性格的确是有些个怪,从不说出自己姓名也罢,居然还领着个侍僧去将并不曾碍过他什么事的灶神的香火给灭了。烹杀物命,祭祀灶神,此类事在今天肯定会被多数人视作荒诞不经的迷信一桩,不砸就睁一眼闭一眼,随信众闹腾去;砸呢,也就砸了,没什么大了不起的事。当时可不然,毕竟是千把年前的唐代,又是个修行的禅师,居然呼喝几声,说砸就砸,读来不仅为破灶堕的勇气叫一声好,亦为禅林发一点噱,真是林子大了,什么鸟儿都有,成年住庙出家的和尚里,居然还出了个砸庙的!

　　其实此事说怪也不怪,禅宗的一大特征就是破除一切我执,堪透一切事物本质,超脱一切观念束缚。破灶堕的行为可谓典型的禅宗性格。时下有句流行的言语叫个"无知者无畏"。无知者的无畏有时也真的是很了不起的,好比在大雾里过独木桥,走起来如履平地,面不改色心不跳。遗憾的是一旦云开雾散,发现那脚下竟然是万丈深渊,你再看那无畏者吧,说不定早已吓落于深壑了!所以,所谓的无知者无畏,充其量不过是一句貌似有理实际空洞苍白的戏语。而真正的无畏者，必定总是有知者。如破灶堕和尚，"此子领会尽"，清楚一切事物的真实性质原是无生无灭的，方能如此自信，如此"怪异"而一无畏惧。无怪他只须"咄"地一声，杖击数下，神圣不可侵犯的土灶便"倾破堕落"，连被砸的灶神都出来向他礼拜。真理原在其掌握之中，不拜又奈之何！

斩得钉　截得铁

《五灯会元》卷十六，记有浙江婺州（今金华）智者法铨禅师一段名言曰：

"要扣玄关（入道之门），必须是有节操、极慷慨、斩得钉、截得铁，硬剥剥地汉子始得。若是畏刀避剑，碌碌之徒，只有在一边看的份！"

乍读此言，我胸中确有种浩气凛然之感，然也不免有所困惑。不是说"平常心是道"吗？不是说"放下屠刀，立地成佛"吗？怎么又必须先是个"硬剥剥"的铁汉子才入得了佛道之门呢？这样的汉子尘世中能有几个？这扇大门一竖，入"道"之路未免也太不平常了吧？

然细想，却并不矛盾。本来，平常心自然是道，却未必是人人都"平常"得起来的。你没点对于禅机的颖悟之心，没点儿做人处世的道德底子，没点儿坚持信仰的骨气和操守，谈何入"道"；便入得了"道"，又将如何？

那么，什么样的人物，才是智者法铨禅师眼里的硬汉子呢？这样的人，不必到禅林去找，凡间即有。所谓彻底的唯物主义者是无所畏惧的，那些为"主义"或信仰奋斗甚至献身者就是。而那些为坚持原则而敢于与邪恶抗争者，那些出污泥而不染、不为五斗米而折腰者，无疑都是铮铮铁汉。惜乎这样的人于茫茫人海中并不在多数。而在禅林，却可说比例相当地高。他们当然不是唯物主义者，但却因参透了生死而无畏于生死，铁定了信仰而化身于信仰。无所畏惧，高风亮节。不仅不能为生死所慑，亦不能为名利所诱。具体而言，宋徽宗大观年间之芙蓉道楷禅师，便是生动的一例：

大观初，开封尹李孝寿上奏皇上，表道楷禅师道行卓冠丛林，宜有褒显。（徽宗）即赐紫方袍，（封）号定照禅师。内臣持皇上敕命至（道楷处），禅师谢恩竟，乃陈己志：

"出家时尝有重誓，不为利名，专诚学道，用资九族，苟渝愿心，当弃身命。父母以此听许。今若不守本志，窃冒（皇上）宠光，则与佛法（和对亲人的盟誓）背矣。"

于是修表具辞。（徽宗）复降旨开封尹，坚命其使道楷受之。道楷确守不受，因以抗皇命坐罪，下旨大理寺捕禅师，可从轻发落。大理寺闻有司，欲徙（流放道楷于）淄州。有司曰道楷有疾，与免刑。于是大理寺吏往问道楷病否，道楷曰：

"无疾。"

大理寺吏（暗示）曰：

"既无疾，何有灸瘢邪？"

道楷曰：

"此昔者疾，今日愈。"

吏更令其思之，师曰：

"（我）已悉（您的）厚意，但妄（要我撒谎）非心所安。"

乃恬然就(在脸上刺字的黥)刑而行(往流放地淄州)。

——《五灯会元》卷十四

坦荡、执著如道楷者,焉得不是"有节操、极慷慨、斩得钉、截得铁,硬剥剥地"铁汉子!

第四辑
浮生片片

孤独

是一个秋日衔山、暮云低徊的傍晚，我倚在不断穿越一个又一个漫长的遂道的沪成列车的窗前，惊叹着秦岭线上那气势雄浑的十万大山，如巨笋似怪兽像惊涛般在血色苍茫的云雾中翻滚起伏；忽然，眼中出现一幅出乎我意料的景象：就在铁路线的下方，万仞峭壁中的谷底下，竟还有一个大约有二三户人家的小小村落。由于列车在山区行速缓慢，我清楚地看见在几面毛石砌垒歪歪倒倒的山墙上，挂着一长串一长串金黄色的玉米和红得刺眼的尖辣椒。若非亲眼所见，真不敢相信这儿还会有人烟！他们缘何而来？何时而来？他们与外界如何交往？完全是一个谜。此时，大人或许还在哪个山旯旮里忙着，只有一个衣着破烂抱着个吃奶孩子的小女孩，一动不动地仰着脸，痴痴地望着我们的列车。天色已昏暗，我看不清她的表情；若不是她穿的是件红色的衣服，我真要以为那是块石头或者半截树根呢！但即便她是个人，在这四面环山数百里不见人烟的大山沟底，孤伶伶的她的生存意义与一块石头或一截树根又有什么两样呢？若不是每天一到两次火车经过她的门口，我真不敢想象她这一辈子是否还有可能嗅到一丝现代文明的气息；但再想想，或许那样对她的一生反而会更好一些，否则，当她看到火车和火车上的人，空茫一片的脑海中会生出怎样的一种感慨和渴望呢？尤可悲的是，尽管天天看着火车从自己门前隆隆驶过，她这一辈子却可能永远也上不了一次火车。车站距她家至少阻着几十座高耸入云的大山，仅仅上车站，就可能花上几天时间！哦，这是怎样的一种人生呵？

我曾在诗文中无数地次地哀叹孤独，也曾在书里和朋友口中听够了关于孤独、关于寂寞的悲鸣；甚至无数次因了都市的喧嚣而生出到深山僻壤去隐居之心。然而在这个小小的村落前，在这种分明与世隔绝却又与最现代的交通文明朝夕相会的奇特现实前，一切不切实际的幻想都变得分外可笑。我不敢再奢谈孤独、奢谈人生的痛苦！孤独在某些时候是我们之所需，难得的独处是一种幸福，淡淡的寂寞是一份美。然而，当它成为一道每日必食的主菜时，当我们有一天渴望友情或目睹着友情却绝不可得时，谁能消受得了？

这是好些年前的事了，那个小女孩或许已经上山为自己或许还有她的孩子侍弄玉米和辣椒了；也不知她的孩子会不会如她一样眼巴巴地看火车呼啸而过呢？大抵只能如此吧。不过，当如何活下去成为一个人的第一紧要时，谈何孤独不孤独？何况孤独本是比较而来的一种主观体验。或许在她们看来，这样的生活原也是理所当然的呢！

我愿这样想。

幸福

幸福是一个面团，捏揉它的时候我们不觉得拥有它，一旦觉得，它已变成或牛或马或一件工艺品、一个可以下肚的饺子了。

幸福是羡慕或嫉妒的私生子，我们从别人的羡慕或嫉妒中感受到它。而当我们想将它长久地拥在怀中时才察觉，我们并非它合情合理的拥有者。

幸福是一筒焰火，燃放它时，若无别人观看，我们的快感便黯然失色。

幸福的感受因人而异，"幸"得让他跳起来的物事，未必让我觉到分毫乐趣。所以，正如世上没有两块相同的石头，世上也决无两个相同的幸福。

实际上我们谈论得最多的这个"幸福"，常常会令我们闹不清它究竟为何物。

一个明丽而欣欣向荣的早晨，我上班经过一个混乱而热闹、五彩缤纷而臭气熏天的农贸市场。密不通风的浊气中我不得不推车钻行于人流之中。这时我目睹了一个有趣的小插曲：一个浑身油污斑斑的卖肉汉子，接过小店送来的一大海碗热气腾腾的面条。面条是菜煮面，面条与绿叶之间漂浮着大片油花和两个白花花的鸡蛋，隔着好几米远我也能嗅到那浓浓的香气。或许是我此时还没吃过早点，我的注意力莫名其妙地被那汉子和他的面条牵扯住了。但见汉子用刚刚抓过肉的油腻腻的手，从身边一个卖菜的摊子上抓起一个巴掌大生翠碧绿的尖辣椒，咔喳就是一口；接下来就是连汤带水的一大口面条；再接下来则几乎真是风卷残云的一番痛快淋漓的狼吞虎咽了。仿佛是须臾之间的事，尖辣椒和那一大碗面条一起进了那个粗壮的身体之中。一声响亮的鼻嚏之后，汉子旁若无人地向身后吐出一大口痰，蒲扇般的油手在脸上眉毛胡子一大把地捋了一下，转瞬间嘴上又多了一支卷烟，有意思的是卖肉人的烟卷也和他们的人一样，是通体被油濡透了的。可是他可不在乎这个。长长的一条烟线喷出来之后，是一声不由自主的充满惬意的深叹。

嗨，这位老板你要来点什么？随着一声粗声的吆喝，一大块猪肉被汉子扔到我面前的案板上。不，我什么也不要。我慌忙后退并溜走了。

什么也不要看我半天干嘛？

听着身后那老兄奇怪的嘟哝。我暗自好笑。不免觉得自己有些多事。

然再想想，尽管是那样的一种氛围，那样的一个人和那样的一种平常而有些粗鲁的吃相，至少对于彼时的我却是产生了一种难于抗拒的诱惑力。我着实是有些羡慕他呢。在他吃面的过程中，贯穿着一种虽平常却又何等畅快的满足呵！食物虽然是再普通不过的，吃相也远远算不得雅，但那种全神不拘酣畅淋漓的吃法和那份独特的口福，便是时常穿行于酒山肉海中的人，未必能享受得到。在我看来那实在也是一份有滋有味的幸福了。更重要的是他获得的决非仅仅那样一份口福。我揣测那小刀手的心态也是终日碌碌奔忙于名利中之我辈所难以获得的。并非他不计名利，而是相对于我们这些自认为具有高雅远大追求的人而言，我想他的目标会近得多也小得多。他的期望恐怕主要在肉与钱中打转转，这相对容易实现因而也必然相对容易满足而获得更多的幸福感。

　　然而，作为当事人的他本人，是否真也会如我想象的一般，活得比我辈更幸福一些呢？我又怀疑了。或许作为旁观者的他，从他的角度看我们，不必终日在一片酸腐混乱中守着一大堆血淋淋的肉块叫卖不已，就已是一份难得的幸福呢！何况，当我在羡慕他那一份口福时，他自己是否便觉着那是一种福份呢？未必。至少他自己并未清楚地意识到。吃饭就是吃饭罢了。赶紧吃完了，还有一大块肉要叫卖呢。什么幸福不幸福的，恐怕他顾不上去想呢！

　　如此看来，方才只不过是我看人家放了一个"焰火"；而那放的人自己则压根儿没觉得这世上发生过什么。当然，也许这本身就是一种幸福。

　　幸福也者，就是这么一回事吗？

获得

儿子过了五周岁时，仿佛是突然间的事，他开始嫌他母亲唠叨了：你的说话太多了！我们大吃一惊，问他为什么这样说，他憋了半晌终于迸出一句：管得太多了！一个星期天的中午，他坚决不肯午睡，并要求我们去睡觉，让他一个人在另一间房中看电视。我意识到了什么，于是便满足了他的愿望。可是这一天我根本就无法安睡。电视音量过高还不是主要原因。儿子那边几乎一直在发出某种杂音。有时是嗵嗵的从沙发上甚至写字台上跳下的响声；有时是呀嗨嗨的习武声，并间以一趟趟的奔走于厨房、客厅、卫生间的脚步声；有几回干脆就钻到我的床下，自以为轻手轻脚地翻找着他的宝剑、手枪之类……忍不住起来想干预一下，却见他正盘膝曲腿，双手合什，对镜模拟电视中人的修练。只好悄悄退出。迷迷糊糊一觉醒来，好家伙——家中已是盗贼洗劫过一般。满地扔满书画、玩具、果壳还有面包屑；卫生间一地的水迹，厨房的剩菜被吃了一半，客厅也是满地狼籍；冰箱没关好，电视大开着，儿子自己却拱在被搞得乱七八糟的床上睡着了。

以后我问他为什么喜欢那样过一个中午。他摇头。再问他是不是觉得那样特别开心些,他点头。为什么?

反正是不要你们说我了。

恍然。看来原因就这么简单:我们总觉得自由是我们的需要。其实,自由是每个个体的与生俱来的第一需要。由此不禁为那些个还不会以语言表示自己意愿的幼儿感到了深深的委屈:表达他渴望的哭声换来的是多么笨拙的回报呀——要么是乳汁,要么是斥责,总之不太会有他真正需要的东西……

然而这也是无可奈何的事。即便我们自己,尽管能清楚表达自己的一切意愿,却又能够在多大程度上获得我们最需要的东西呢?这个世界不会也不应让谁拥有绝对的自由。但即便相对的自由,也常常成为一种奢望。甚至常常连表达出来也是不可思议的奢望!

锻炼者说

不知不觉间，我已成了个顽固的锻炼分子。古代禅师说："一日不作，一日不食"。依我看还得加上一句：一日不动，一日不适。

这么说自然是有点弦外之音及几分无奈在的。因为稍稍留心你就会发现，"锻炼身体"大抵是中老年人或体弱多病者之专利。或者说，主要是中老年人才有这种一般生活之外、以对抗地心引力对自身影响为宗旨的特别兴趣。年轻人白天上班，晚上蹦迪还觉精力过剩，以至有人大吃摇头丸来使脑袋保持整个通宵的摇摆运动；但要他们和老爸老妈一起去跑上几圈或做上套广播体操，多半会自发地大摇其头。盖因他们生命力正旺，很少有气喘吁吁或臃肿不便的体验，那枯燥乏味而又"累"人的锻炼，自然吸引不了他们了。

如此看来，我真已开始老了。

没错。但能及时加入锻炼大军而不是躺在沙发上悲天悯人，至少说明我的心态还是积极的。早上爬不起来，就选择晚上。跑步坚持不了，就选择散步。总之是用我自己的方式，使自己动起来，达到出点儿汗的目的，使身体感觉到轻松些，情绪也感觉到（短暂地）振奋些。而最根本的是，心理上也因此而感觉到安慰些。毕竟，谁个不怕死，谁个不怕老呢？想到这多少会使自己保持尽可能多一些的健康和尽可能长一些的生命力，懒和种种惰性就退而却步。而久而久之，一种习惯的形成，就又使得锻炼不仅是一种被动的需要，更是一种积极的新活法、新状态。如同赌棍每天不坐到麻将桌前就会发慌，惯于锻炼者一天不到外面去踢打几下，亦有些惶惶不可终日呢。

  锻炼不仅是一种生活内容，更是性格的必然。爱锻炼与不爱锻炼者没高下之分，却肯定有生活态度或情趣的差别。而具体锻炼方式也如生活和人之天性一样，缤纷多彩，挺有趣甚至挺让人发噱的。如有人爱群而聚之，大跳扇子舞，有人却爱独觅一角，打他自个发明的鬼画符般的什么拳；有人爱仰天长啸或对着棵老树又踢又蹬，有人却闭目马步再加闷声大发财，据说是在敛阴阳之气；有人双掌漫舞，活似捉鬼；有人且走且晃，宛如着魔。有回还见到个络腮胡子，远远地踢踏而来，手举过肩，顿足如擂，活像个接受正步检阅的老兵。妙的是任旁人窃笑，他目不斜视，一丝不苟地噼啪不误。也是，谁规定须怎么做才叫锻炼？谁又敢说你的活法才是高明的？这就是个性，这就是生活。而生活和锻炼、锻炼和生活，原无本质差异。生活多彩，个性多姿，锻炼方式自然就五花八门。不过，这一切须有个重要前提，即生活富足了，我们才热爱锻炼，因为我们备加珍爱留恋这个世界。否则，生不足惜死不足畏、饭还吃不饱或活得压抑而沉闷的社会里，谁还有力气去打拳，谁还有闲情去舞扇？从此意义上说，生命在于运动，而运动，岂不就在于生命的美好？

对不起，我的小狗

喜爱动物是人类的天性。道理很简单，生命与生命总是惺惺相惜的。当然会有人不以为然，他说他看见小狗就忍不住想把它一脚踢飞。有的人在报纸、广播里齐声声讨养宠物的风气，更有极少数人见了只幼弱的小猫也会一蹦三尺，毛骨耸然。这当然是特例。多数的反对养宠物者不过是出于卫生或审美方面的考虑，骨子里非与宠物有仇。当他尝试着养起一只宠物来时，多半会因产生感情而怜爱不已了。

这么说就清楚了，喜欢不喜欢宠物，很重要的一点是和对这种生命有没有感情有关。而喜欢动物的人未必一定是善良的，但他们多半感情丰富，心理比较敏感，因而特别能够与动物"将心比心"，产生感情。这就是许多人不惜遭人白眼而在饭馆里忘情地与狗同桌共餐；宠物医院里宠物和人一样在那儿挂水、打针的原因，感情使宠物主眼里的宠物升华为与人甚至与亲儿女一样可亲可爱，一样重要甚至更加重要。这在心理学上似乎也有说道，叫个什么移情，或者说是一种精神寄托吧。宠物对人的绝对依顺、毫无二心及憨态可掬是人所无可比拟的。当然在讨厌宠物的人看来，把人和猫狗相提并论压根儿就是荒谬的。这个问题永远争论不清，我还是绕开它吧。

我想说的是我过去一向自认是宠物的迷恋者，因为我从小就好养猫狗。记得儿时我的被窝里常年有条大黑猫。它可不是一般的猫，总在深夜我父母睡着后，把自己从头到脚舔得干干净净才钻进来。而初中后我家先后养过两条弃狗，都是父亲在路上走，它老跟着就收留了。有一条虽然很瘦小，我却以峻青小说《老水牛爷爷》中那条忠烈的狗为名，也唤它赛虎。赛虎在我家生活了十一年，其间我下放了，可每当我回家探亲，哪怕时隔数月，赛虎总是狂喜地扑到我身上，然后照例在院中疾速地狂奔上好几圈……当我们搬家到一处楼上时，它忽然生起重病。醒悟过来的父亲将它放回老屋"故土"时，奄奄一息的它突然双眼放光，挣扎起来，摇摇晃晃地在熟悉的小院里嗅闻了一小会儿，倒下去就再没醒来。

你可以不爱动物，但我希望你相信，动物和我们的感情世界并无多少两样。

当然人与人在感情世界上也没有多大差异，这就是艺术和文学能够在人类间产生共鸣的基础。但人与动物又确有本质差异，即人在利益前提下会优先考虑自身而舍弃动物，而动物不会在任何前提下舍弃人。所谓狗不嫌家贫是也。我这么说也是有所指的。就是我新近刚养过一条小狗，绒绒的、花花的，尤其是有一对水灵灵人一般脉脉含情的眼睛。可现在养狗的感觉和往昔竟有了如此大的差异。对它随地大小便我手足无措，对它身上一天不洗就散发的气味我觉得出乎意料，对它老来扰逗我陪它玩儿我感到有点厌倦，再加上老婆难以理解我的"感情"。其实那些问题在儿时都构不成麻烦，不知我的情感从何时开始脆化的。是我经历了太多生活的沧桑，心灵起了茧子？是现代化下我活得太文明、太卫生以至难以相容，还是人的感情根本上就是善变而靠不住的？总之我现在有些内疚，临别时小狗那歪着脑袋，含怨而眷恋的眼神又在心头闪过。

对不起了，小狗，别怪我辜负你。毕竟我是人，只能从我而非你的利益出发抉择。这又是万物之灵长与动物之不同之处吧？故我只能对你道一声爱莫能助了。愿你在别处过得好。

家

家,几乎是不可诠释的。"心有千千结",家哟,何止万万情!谁能道得尽"家"中的苦辣酸甜?

而我,谈起家,突兀于胸的并非比尔盖茨那上亿美元打造的豪宅,而是旧居公厕那两平米的昏暗小间——门拆了,因为这样才放得下一张大床。床上吊几根挂杂物的铁丝,便是看厕人一家四口不设防的"世界"。看厕人不会想到这个家还有个特殊功能,就是它会对那些因失落而消沉的人说:比比我吧……

家是个近乎神圣的概念。盖茨和看厕人的家分属其两极,以它们论家或许失之极端,但其反差毕竟意味深长。当然房子不过是家的载体。真正的"家"几乎与空间概念无关。有时反倒是豪门恩怨多,寒宅有温情。家的好坏难以财富度量。亲情才是家的支柱,爱的多寡才是家之美满与否的尺度。故此我要坦承一个事实,即我始终未解托翁的名言:幸福的家庭总是相似的,不幸的家庭各有各的不幸。何谓幸福的家庭?它们又如何是相似的?如同石头大小不同,家庭、性格,无论内核外形、幸福与否,亦不可能相似因而也不宜攀比。差异的因素太多,评价幸福的标准也太难统一。譬如你我，息息栖身于斯的，或大或小、或贫或富、或温馨或寒酸，相对的优劣昭然，但哪个家庭是绝对幸福或悲惨的？此外，盖茨和看厕人的家如此悬殊，但你能确信，在精神层面上，盖茨一定是幸福的，看厕人一定是痛苦的？或许因为欲望值低下，看厕人的呵呵傻乐比盖茨多得多呢。那么，他们或你我的家，有多少相似，多少不相似？

家的共性自然是有的。白天四出谋生，晚来同枕共寝；都是社会细胞，都靠亲缘维系。没有它，灵魂将飘若野鬼，血脉将断如残简，国家更荒凉无凭。而家之最有意思的特点在于，它简直像空气，呼吸它时你感觉不到它，一刻或缺就顿觉憋闷。家也像极恋人：失去的才是你的。此正是游子和戍边将士最珍视家的价值，而朝夕厮守的夫妻或父子，却动辄龃龉的原因所在。可见家不可笼统地论好论坏，亦不宜盲目地大唱其赞歌。金无足赤，人无完人，家也决非美满的代名词。相反，有的家简直是战争策源地。夫妻反目，儿女忤逆，我们看得还少吗？所幸的是，家或可破碎，或可重组，却不可消灭。别看人类强大，实质与蜗牛或寄居蟹差不多，走到哪儿都少不了一只有形无形的壳。盖因家乃人生脊梁，既是生命的发源地，更是滋育其成长、寄托其情怀和希望的温床。为什么偏道月是故乡明？只因那儿有我们的家。而即便浪迹天涯的孤儿，他今夜独栖的那一树绿荫、那一领破席，于他而言，亦是个不可或缺的家呀！

家哟，说不完的家，数不清的家！而真正"存在"的，其实只有一个，那就是每个人自己的"家"……

酸曲儿

打小喜听民歌，如今人届中年仍乐此不疲。尤其是极富地域风味、未经"艺术"打磨的民间小曲，碰上唱得好的主儿，那粗砺却沉郁苍凉、汁浓味醇的气韵呀，真似壶醇酒般直让我心醉神迷甚而魂飞魄散。这就有点像某种发烧友了。而人的爱好缘何形成，缘何偏而又执、并无道理可言。中国地大物博，民族众多，民歌自然也丰富多采。但也许是个性或某种民歌特有的气质使然吧，我更偏爱悠扬浑厚、蕴蓄隽永而土味浓郁的西北民歌。像《赶牲灵》、《想亲亲》及众多《花儿》，乃至腾格尔新作的《蒙古人》、《天堂》之类，都是我的最爱。遗憾的是，歌带中学院化的演唱虽然美不胜收，毕竟不如贺玉堂式原汁原味的演唱来得摄人。而我生在江南，又没苏老夫子"日啖荔枝三百颗，不辞长作岭南人"的豪情，所以至今难得享受到"原生态"的耳福。不意近期去北京学习，鲁院同学来自天南地北，其中几个西北乡党竟是民歌好手。尤其是《山西文学》的鲁顺民，三口烧酒落肚，扬脖就吼上一嗓子："羊肚肚手巾三道道蓝／咱们见个面容易拉话话难／你在那圪梁哟我在个沟／咱们见不上个面面就招一招手／瞭见个村村瞭不见个你，泪蛋蛋就洒在了沙蒿蒿林"。而《延河》的张艳茜有点沙哑却别具一格的倾诉,又把个衷曲满怀的陕北女子的期盼生生地托了出来:"人家呀都说咱们两个好/可哥哥到现在还没有拉过我的手/人家呀都说咱们两个有/可哥哥到现在还没有亲过我的口"。说真的,我的鼻子有些酸。难怪北方的同学管这些民歌小调叫酸曲儿,其原意也许不无揶揄,但我觉此说并无不当。所有的民歌实际上都是情歌或饱蘸着命运悲欢的咏叹,其魅力恰恰就在这独特的"酸"味儿上。而这绝非无病呻吟或迂腐扭捏之酸,分明都是蕴抑已久之衷肠的自然喷放。如同野火烧不尽春风吹又生的春草,仿佛穿云裂石直泻三千尺之飞瀑,直斥人心的原是那地下之坚根和石下之深源哪!

　　说到情歌,不能不强调其动人处就在个情字上,而其核心则在于一个真字。但凡民间情歌,其曲都淳朴单纯,其词则恰恰罕见那个情字,更别提那个当代人几乎说烂了的爱字!这与民族性有关,更与真正的艺术特质密不可分。"执手相看泪眼,竟无语凝噎"——这份无言的情,无字的爱,其沉郁、其深厚、其浓酽、其撕心裂肺的动人魅力,又岂是某些充斥着情呀爱呵之嘶吼的流行歌曲能望其项背的。我曾为我的喜好与审美之不够时尚而自愧衰朽,但从鲁院同学那如痴如醉的喝采声中,我找回了自信。我不想因此而贬抑流行或时尚,它们有存在的理由和社会需求。然声嘶力竭的直白和网上速配的一夜情之类异曲同工,是与节奏过快、赝品泛滥而真情缺如的社会特征相吻合的。其速朽也就不足为怪了。而土地般质朴的民歌原是心灵的呐喊,因而才能如生命之树般直斥性灵、世代长青。

"三国"城外望

多年前我已通读过《三国演义》，罗贯中高超细腻的描述毫无例外地捕获了我。不意近日重读，竟又欲罢不能，以后的许多个夜晚，再不论意境如何，每晚必入三国神游一番。当我终于走出三国的历史废墟，竟老大的不足，心里缺了什么似的悻悻。我知道这便是一部有定评的历史名著的魅力所在了。但我的确又感到一种或许是一个中年人必然会产生的欲望的袭扰。我老在想，刘关张、孔明、曹操、孙仲谋这些名噪千古的三国中人，肯定不如演义中人那么出神入化，但他们的真正面目究竟如何？作为小说的"三国"和作为历史的"三国"的差别究竟有多大？换句话说，文学的真实与生活的真实之分野究竟在何处？

也许这是我心境已老的标志——我无可抑压地从资料室找来厚厚的几大本《三国志选注》，于是，那扇锈迹斑斑的历史之门又一次嘎嘎地洞开于眼前……

一、从"妖"到人话诸葛

如果从史的角度看,发生于东汉末年区区百年间的三国史事实在是算不上什么历史惊涛的,然而一本"演义"却将这段历史活化了。使之成为千古名剧的,功劳首推文学(可见文学绝不是玩玩的),更在于罗贯中的生花妙笔。这种影响绝不是史志类著述可相匹敌的。然而文学毕竟只是文学,就事物的本来面目而言,文学与正史之距又可谓去之千里了。读陈寿与罗贯中,最大的一点感受就是这种史的真实与文学的真实的天壤之别。同一个三国之人的名下,实质上活动着两个灵魂,而一旦我们意识到这点,却又无损于这个人物在心目中的的既定形象,从这点上看,史与文学又好象是殊途同归了。

少时读演义,印象最强烈的人物自然也与大多读者一样,首推诸葛孔明。而孔明给人印象最深的,对那时之我而言,倒不是作者至为推崇的忠谨贤相之风,而是他的智谋。空城计,借东风,"到时开看"、屡开屡验的锦囊妙计;巧布八阵图,班师祭泸水,五丈原禳星,定军山显圣……好一个"知凶定吉,断死言生"的神机军师呵!

此番重游三国,年事既长,现代科学哲思陶冶之心智也就大异于少时。见孔明竟不复往日心境,头顶上始终罩着个大大的问号。越读演义越觉孔明之虚笔太重。作者几乎是在以 20 世纪 70 年代"三突出"之笔竭力营塑孔明这么一个"高大全",这在我这也算个写家的人看来,恰恰是犯了个绝对化的错误。且宥于世界观的局限,将孔明写成个先知先觉的人物,这种非魔非幻的先验论,在较具科学文化智识的现代人看来,情感上或还可接受,理智是是无论如何难以共鸣的。我理解过去年代与世界观左右下的作者这样写孔明的苦心,但这么写人物,无论如何是犯了一个创作上的大忌,可谓一种败笔。败就败在罗贯中"状诸葛之多智近妖"。鲁迅这个评语可谓一针见血,击中要害。问题是,真实的孔明究竟是何面目？可以说，这是驱使我去读陈寿的主要动因。

原来演义中的孔明与史志中的孔明竟有如此之大的距离！可以说，孔明这个人物是整个演义中与原型差异最大的一个。七星坛祭风、登台作法、呼风唤雨等等荒诞不经之情节原就知是演义，并不会当它信史或以生活真实来要求作者，这倒也罢。岂料草船借箭、空城计、后出师表等看似可信的情节原来也纯属虚构。连七擒七纵孟获等情节也不过是过分夸大了的小说家言！

有意思的是，演义中的空城计情节倒不是空穴来风，《郭冲五事》曾记此事。只是它经不起裴松之的诘难："亮初屯阳平，宣帝（司马懿）尚为荆州都督。至曹真死后，始与亮于关中相抗御耳……此之前后，无复有于阳平交兵事。就如郭冲言，宣帝既举二十万众，已知亮兵少力弱，若疑其有伏兵，正可设防持重，岂至便走乎？案魏延传云：延每随亮出（祁山），辄欲请精兵万人，与亮异道会于潼关，亮制而不许。亮尚不以延为万人别统，岂得如（郭）冲所言，顿使（魏延）将重兵于前，而以轻弱自守？……故知此书指引皆虚。"

读志至此，我不禁按卷自问：这么一来，出神入化之孔明还剩下什么了呢？

毫无疑问，作为一部古典文学名著，演义中的孔明自有其独特的文学魅力和价值。故对于这个三国志中还"妖"为人的孔明，我的情感一时也是难以接受的。似乎这个亮如北斗之巨星，一下子黯然失色了。然掩卷沉吟之后，我相信，至少以今人之眼光来看，哪怕仅仅只读三国志者，依然会为孔明的大智大忠所折节三叹。换句话说，剥去那层虚夸不经的外衣后的孔明，仍然不失一个杰出的政治家和军事家的辉煌。相反，由于孔明的事迹更真实更可信了，其形象在某种程度上看，反而是更高大了。此时的他虽不复为"妖"，反而更易为我们这些"人"所理解和接纳。他毕竟仍是一个独特而出类拔萃的"异人"；感染我们的正是那易为人所理解的人格力量。这是较虚浮的描写更动人更有说服力的。

从史实来看，孔明在当时的统治集团中，的确仍是一个目光锐敏、有胆有谋的英才。他的成功主要不是源于他的先验，而恰恰是因为他注重实践，长于审时度势。例如在那著名的赤壁之战中，他虽然并非如演义所写那样靠妆神弄鬼助战取胜。但正是他从曹操下荆州的过程中，经过战争的实践，对敌我双方的长处与弱点作出了雄辩而准确的判断，并不顾个人安危，亲赴江东力说孙权与刘备协力拒曹（见三国志《先主传》、《诸葛亮传》），才使孙刘取得了赤壁之战的关键性胜利，从此奠定了他早已预见到的三足鼎立的天下大局。"受任于败军之际，奉命于危难之间"的孔明，作为一个"人"，肩负着何等艰巨的重任呵！而他"五月渡泸，深入不毛"，六出祁山，百折不挠，为的却非自身荣辱，而是"北定中原，庶竭驽钝，攘除奸凶，兴复汉室，还于旧都"。且不论这样的志向在今天看来是否可嘉，其精神与意志却是无与伦比的。尤为难能可贵的是："初，亮自表后主曰：'成都有桑八百株，薄田十五顷，子弟衣食，自有余饶。至于臣在外任，无别调度，随身衣食，悉仰于官，不别治生，以长尺寸。若臣死之日，不使内有余帛，外有赢财，以负陛下。'及卒，如其所言。"

如此高风亮节，正所谓鞠躬尽瘁，死而后已，诚为古之仅见，万世楷模。

所以，至少我个人的看法是：作为一个现代人，比较演义与史志，前者所写的孔明失之荒诞，几近一个虚幻的人物。后者笔下的孔明，有血有肉，有情有义，反而以真实客观而深获我心。

陈寿评曰："诸葛亮之为相国也，抚百姓，示仪轨，约官职，从权制，开诚心，布公道；尽忠益时者虽仇必赏，犯法怠慢者唯亲必罚，服罪输情者虽重必释，游辞巧饰者虽轻必戮；善无微而不赏，恶无纤而不贬；庶事精练，物理其本，循名责实，虚伪不齿；终于邦域之内，咸畏而爱之，刑政虽峻而无怨者，以其用心平而劝戒明也。可谓识治之良才，管箫之亚匹矣。连年动众，未能成功，盖应变将略，非其长欤！"

　　这种客观而率真的评价，岂只足为史家鉴？一切舞文弄墨者乃至一切齐家平天下者，均堪以为座右也！值得一提的是，陈寿对诸葛亮"应变将略，非其长欤"的评价是大出一般人的既定看法的。为此，还曾在史学界引发过一场不算小的讼争呢。《晋书·陈寿传》就曾以此非难陈寿修史不公："……寿父为马谡参军，谡为诸葛亮所诛，寿父亦坐被髡，诸葛瞻又轻寿，寿为亮立传，谓亮将略非长，无应敌之才，言瞻唯工书，名过其实。议者以此少之。"

　　此言似乎有理。然更多的学者却纷纷为陈寿辩白。崔浩在《魏书》中说："……陈寿《三国志》有古良史之风，其所述文义典正，皆扬于王庭之言，微而显，婉而成章，班（固）史以来，无及寿者。修之曰：昔在蜀中，闻长老言，寿为诸葛亮门下书佐，被挞百下，故其论武侯云：应变将略，非其所长。浩乃与论曰：承祚（陈寿）评亮，乃有故义过美之誉，案其迹也，不为负之，非挟恨之矣。" 到了清代，朱彝尊、杭世骏、钱大昕、王鸣盛等人皆提出有力的理由为陈寿辩护。朱彝尊在《曝书亭集》中说："街亭之败，寿直书马谡违亮节度，举动失宜，致败。初未尝以父参谡军被罪借私隙訾亮。至谓亮应变将略非其所长，则张俨、袁准之论皆然，非寿一人私言也。"

　　钱大昕《潜研堂集》亦说："承祚于蜀，所推重者惟诸葛武侯……其称颂盖不遗余力。"

　　王鸣盛《十七史商榷卷》则云："寿入晋后，撰次"亮集"表上之，推许甚至，本传特附其目录并上书表，创史家未有之例，尊亮极矣。评中反复称其刑赏之当，则必不以父坐罪为嫌。"

　　由此可见，此一讼争，非但未损陈寿之名，反更令人刮目于陈寿，足以肃然起敬。恰如陈毅诗云："大雪压青松，青松挺且直。要知松高洁，待到雪化时"！

　　而以我个人之浅识。亦觉陈寿对孔明"应变将略，非其所长"之评不无道理。譬如孔明之北伐中原，在蜀中朝野一贯有较多不同意见。而孔明的看法是偏安一隅非自保之长计，不如主动北伐反有终胜之可能。这种战略应该说是正确的。但考虑到蜀魏之实力仅十、一之比，连年动武又未能建功。在此局势下就不如倚仗蜀中之险坚壁固守，养精蓄锐，以待良机。至少可能令蜀汉多维持几年。而孔明却继续穷兵黩武，不仅自己六出祁山，"出师未捷身先死"。他的战略还影响到姜维，又来个九伐中原。连年劳民伤财的结果，就只能是大大折损自己的国力，反而加速了蜀亡的进程。

二、一丘之貉说曹刘

作为晋之史官，陈寿在撰志时，多有为司马氏讳之曲笔。这是一个瑕疵。但也只是一个以今人眼光来论之疵。毕竟身处封建专制之旧时代，以完全公正客观来要求陈寿可谓苛责。那种年头，达官贵胄尚且常因利害之争或一言不慎而满门遭戮，区区一介史官，敢于忤逆天朝，等于不要自己的脑袋了。然正因为此，反更见出陈寿撰述时的种种非凡胆略与勇气。书名三国志，即已表明他将从晋之角度看纯系伪逆的蜀、吴与曹魏同等看待，这已是非凡之举了。在志中，他基本客观地评价了刘、孙、曹三家，且不避忌讳，大量收录刘备在蜀中称帝时，蜀臣蜀民的上进书、表，巧妙地表达了他对刘备的尊崇之意。这固然与陈寿原为蜀吏有关，也是他在心理上仍然潜伏着刘汉正统观的迹象之一。相反，对于魏主曹氏父子们，他虽然不同于一般民间或史籍那样大张挞伐，并多少略去一些曹操的奸邪行迹，但同时也略去了曹丕即帝位时的劝进表奏等纪载。这与对刘备的描述形成鲜明对比，再清楚不过地表明了陈寿的政治倾向。这真是煞费苦心，在当时历史条件下，实属难能可贵。

而处于明代的罗贯中,他来演义三国时,自然不必如陈寿那般有所顾忌了。他完全可以更公正地来表现那一段史实(当然,作为小说家亦完全不必拘于历史真实来营构作品)。然而,被誉为七实三虚的(我觉演义之虚实恐只能对半而论)演义,作者的政治倾向性似乎太偏了些。出于作者政治观及人生观的需要,强烈贯穿着全书的扬刘贬曹之倾向,支配着作者苦心经营,一味穷写蜀汉之正之忠,一味狠斥曹魏之伪之奸,几乎到了完全不顾史实(当然这并非绝不可以)与艺术辩证法的地步。以至于我们无论从读史或读文学角度出发,感情上都可能与罗贯中本意相同,不知不觉地将屁股坐在了刘蜀一边,为刘氏天下忧而忧,为刘氏天下乐而乐;以至读演义至后半,越读越沮丧,越读越悲凉。

然一旦掩卷,许多人的理智就开始诘问自己,难以完全与刘备认同。或许这仅是我个人的感觉也未可知。我重读演义有一个相当突出而近于逆反的心态:越是罗贯中重彩浓墨大肆渲染彰显的人物,我越发觉得不太可亲不太可信。究其因,前述之"妆孔明之多智近妖"是一,而"欲显刘备之长厚而近伪"(鲁迅语)是同一干枝上的又一枚青果。这一现象从艺术创作角度而言,可说是再一次证明了缺乏辩证观念于创作的伤害。有如今世的许多文艺作品,出于政治的或艺术观之偏狭,人物总是被一味单侧面地拔高,写好则好到天上,写坏则坏到脚底,毫无感染力可言。但须强调的是,我确信罗贯中将刘备写成一个扁型人物决非艺术功力不逮,更非他不懂艺术规律,实在是为其世界观所左右而不得已罢了。如刘备这个人物,之所以被认为正统,无非因其姓刘,以今观之,姓刘又如何?谁规定了天下必得刘氏得之?早在刘邦得天下之前,陈胜吴广揭竿而起时便曾振臂高呼"王侯将相宁有种乎"?至东汉末年,刘氏天下早已气息奄奄,此时谁能号令天下,有利于国家统一稳定,谁就有理由治理天下,何必非刘莫属?曹刘同为汉臣,政治主张也并无原则差别,正如鲁迅所言:"他们都是自私自利的沙,可以肥己时就肥己,而且每一粒都是皇帝,可以称尊处就称尊。"本质上完全是一丘之貉,演义从"王道"、正统观出发,过分扬刘贬曹,总令我有偏颇之感。

当然,从创作角度看,演义作为小说,有自己的政治倾向是无可厚非的。但一定的思想应通过相应的艺术典型来体现。演义化了百倍的气力来塑造的刘备这个"宽仁爱民"、令人民"心悦诚服"的"王道"的化身,却由于作者过于人为甚至不顾事实肉麻虚饰而反而是不成功的。演义在写刘备从新野、樊城撤退一回中,这一点表现得尤其过份。作者笔下的刘备对老百姓之关心竟至不惜个人安危的地步,而老百姓对刘备也竭诚爱戴,宁可随他去死也不离开他。这一情节既无史实,更不符合一般情理,刘备再怎么样,毕竟还是一个军阀,他无时不在想"申大义于天下",为此他连年征城掠土,不知使多少生灵涂炭,焉有舍命护百姓之理?尤令我恶心的一个情节是(此系演义虚构,并无事实):"一日,到一家投宿,其家一少年出拜,问其姓名,乃猎户刘安也。当下刘安闻豫州牧至,欲寻野味供食,一时不得,乃杀妻以食之……玄德不疑,乃饱食一顿……忽见一妇人杀于厨下,臂上肉已割去……玄德不胜伤感,洒泪上马。"瞧,为表现刘备之得人心,捏造出这么一个血淋淋的细节。谁知效果适得其反,除令人恶心,还反衬出刘备的残忍。吃了人肉,竟毫无遣责或表示,"洒泪而去"而已!倒是曹操,事后闻此,"乃令孙乾以金百两往赐之"。

与刘备形成鲜明对照的曹操,对其评价历来争论不休。而且贬者多而褒者少。我倒觉得,且不论史实中的曹操其实还是一个很有作为的军事家、政治家和杰出的诗人,在分裂混乱的三国时期,对统一我国北方曾起过相当作用。仅就演义来看,我越读越觉曹操作为一个艺术典型,固然有其可恶可恨处,但较之刘备,却也不乏"可爱"之处。最根本的原因恰恰也在于演义出于政治偏见,并没有把曹操按历史本来面目来处理。而是将他写成一个历史上所有"乱臣贼子"的典型。曹操性格如此复杂、深刻,是作者充分艺术加工再创造后的人物,已不复历史上的真曹操所能包容。这个形象体现了历史上其他"乱臣贼子"的某些特征；这种"典型化"而无所忌讳的艺术手法多侧面而立体地活化了曹操的形象。使得明明不真实的他，获得了极高的艺术真实性。

此外，作者在对立中表现人物，原意恐怕是想将其与刘备对比着写，以曹操之奸来彰显刘备之忠，结果却由于种种原因，反而凸显了刘备的伪。如作者借刘备对庞统的话说："操以急，吾以宽；操以暴，吾以仁；操以谲，吾以忠，每与操相反"。岂不正好暴露了刘备的阴险与虚伪吗？而作为一个艺术典型，刘备也由于作者主观意图的固执、拘谨而显得单薄偏弱，恰恰成了曹操的"陪衬人"。正所谓有心栽花花不发，无心插柳柳成荫也。

比较演义，《三国志》中的曹操完全是一个正面形象了。显然这也有不可信处，原因如前所述，在于陈寿所处的历史时期及其地位的关系。然而他毕竟是一个有责任感与道德感的史家，凭心而论，陈寿相对于小说家之罗贯中，写作态度到底是严肃得多了。《三国志》对曹操的描写或许不算是很客观的，却也未必有多少粉饰。陈寿对曹操的评价读来亦觉公允：

"汉末，天下大乱，群雄并起，而袁绍虎视四州，缰盛莫敌。太祖运筹演谋，鞭挞宇内，擎申、商之法术，该韩、白之奇策，官方授材，各因其器，矫情任算，不念旧恶，终能总御皇机，克成洪业者，唯其明略最优也。抑可谓非常之人，超世之杰矣。"

顺便说一句，以前总以为曹操的确是一个"宁叫我负天下人，休叫天下人负我"的极端利己主义者。可以说这句名言是天下人最恶操之为人之处了。因为它是起因于演义中一个令人发指的情节，即曹操出逃路上，吕伯奢为招待他出外沽酒，他因多疑，闻屋后人（为款待他）杀猪声，疑为加害而一气误杀8口人，后明知错了，索性又将好心的吕伯奢杀了。并在此情形下说了上述那句名言。

此事自然不见于三国志。但不能说这情节完全是罗贯中的虚构。

《孙盛杂记》曾记载此事云:"太祖闻其食器声,以为图己,遂夜杀之。既而凄怆曰:宁我负人,毋人负我。遂行。"

然而,除此而外,不少别的记载,事实虽大同小异,却再无负我负人之论:

世语曰:"太祖过伯奢。伯奢出行,五子皆在,备宾主礼。太祖自以背卓命,疑其图己,手剑夜杀八人而去。"

魏书曰:"太祖……从数骑过故人成皋吕伯奢;伯奢不在,其子与宾客共劫太祖,取马及物,太祖手刃击杀数人。"

由此看来,曹操无端滥杀无辜当属无疑。但其是否曾说过那样赤裸裸的"负人"论,却是可以商榷的,至少我手头证据尚嫌不足,姑且存疑。但即使他没说过此类话,作为一个滥杀许多无辜,双手沾满黄巾鲜血,顺我者昌,逆我者亡的大军阀,曹操绝对算不得一个好"王者",这是无疑的。之所以我在此为曹操说上几句好话,不过是从艺术创作及艺术审美的角度,对刘备曹操这两个艺术形象及陈寿、罗贯中这两位作家,作某种比较而已。总而言之,我认为就曹刘二人而言,无所谓好坏,都是一丘之貉。而就陈、罗二人之写作态度而言,我个人则较为欣赏也更理解陈寿一些。当然,史与文学并不是一回事;而尽管文体大相径庭,罗贯中的写作能力,作品的感染力是要胜于陈寿的。胜就胜在他笔下驱驰的是一群典型化的艺术人物。在那"话说天下大势,分久必合,合久必分"的历史大背景下,虽然"是非成败转头空",但是"青山依旧在,几度夕阳红";他们有声有色地演义着的自己的性格与历史,让我们这些后生小子,"白发渔樵",得以"一壶浊酒喜相逢:古今多少事,都付笑谈中"。是何等的动人,何等的诗意,何等的壮美!

三、箕豆相煎何太繁

丕曰:"吾与汝情虽兄弟,义属君臣,汝安敢恃才蔑礼?……吾今限汝行七步吟诗一首。若果能,则免一死;若不能,则从重治罪,决不姑恕!"……丕又曰:"七步成章,吾犹以为迟。汝能应声而作诗一首否?"植曰:"愿即命题。"丕曰:"吾与汝乃兄弟也,以此为题。亦不许犯着'兄弟'字样。"植略不思索,即口占一首诗曰:

"煮豆燃豆萁,豆在釜中泣。本是同根生,相煎何太急!"

曹丕闻之,潸然泪下。其母卞氏,从殿后出曰:"兄何逼弟之甚耶?"丕慌忙离座告曰:"国法不可废耳。"于是贬曹植为安乡侯。

——这便是那个"兄逼弟曹植赋诗"的著名典故。

此事同样不可能见诸《三国志》。演义是否有史实根据,我不得而知。但我是相信这类现象的真实性的。即便《三国志》也记述了丕植兄弟之尖锐矛盾。"兄逼弟"这类现象在整个封建王朝史中实在是一个寻常现象了。读三国,这一感觉尤为触目,此类事亦可谓屡见不鲜,俯拾皆是。

有趣的是,走进三国,与那些风云人物交游、对话,一般印象却又是不可谓不佳的。你总能强烈感到他们都是些学富五车的"谦谦君子"。满口诗书,满腹礼义;言必称四书,行必遵五经。无论干什么,有点像我们曾经历过的文革中的语录战,总要也总能从古典礼籍经书中找出一大套言之凿凿的理论道德依据来。或者如董卓篡汉,美其名曰"行伊霍之事"(指古之伊尹逐太甲,霍光废昌邑王之事,此二人之举皆被认为是正义之举);或者如黄巾叛乱,美其名曰:"替天行道"。更甚者如汉献帝,欲诛曹操,也要在衣带诏中先来番"朕闻人伦之大,父子为先;尊卑之殊,君臣为重"的理论。

然而,一旦察其行,则又发现一切都满不是他们口头上说的那么一回事了。原来他们大多是一帮口蜜腹剑之徒!台上拱手,台下踢脚;今日投魏,明日降蜀;一言不合便拔剑相向;这在他们简直是家常便饭。为了他们标榜的"仁、义、礼、智、信",他们动辄兵戎相向,以至血流成河,民不聊生,国家长期分裂,所为其实不过是一己之家天下而已。不仅如此,为了一己荣华或一己安危,他们不仅在集团间尔虞我诈，今天结盟，明天血拼；更有甚者，兄弟间、父子骨血间也六亲不认，或相阋于墙，或大打出手；终至家破国亡。而且此类事在三国中发生得似也特别频繁。上引丕植之争尚属轻的，因为曹丕慑于母命并未置曹植于死地，而别的一些事例可就比他们严酷多了——

一度雄踞青、幽、并、冀四州，势力远胜于曹操的袁绍，虽然在官渡之战中大伤元气，吐血而亡。但其地盘仍在，实力犹存。令他基业崩溃的主要原因是兄弟相并、内部分裂。先是袁绍自己与他的亲哥、北方另一大军阀袁术互不买帐，明争暗斗大大削弱了彼此的实力。紧接着又因袁绍废长立次，引发了自己那三个不争气的儿子袁尚、袁谭和袁熙之间的利害之争。这三袁不思合力拒操，却在大敌当前的时候为争继位而拥兵自械，甚至互相掣肘、设计相谋对方，以至终为曹操各个击破，身亡国丧。

《三国志·先主传》中载有这样一个细节：刘备入川后，一度寄篱于蜀主刘璋，待机图之。后曹操伐吴，孙权求救于刘备。刘备向刘璋借兵援吴，欲待东行时，刘璋部下一向与刘备私通图蜀的张松，"书与先主及法正曰：今大事垂可立，如何释此去乎？"不料张松之兄广汉太守张肃获知了此事，他"惧祸逮己，白璋发其谋"，以至使刘璋斩了他的亲弟张松。于是刘备与刘璋"嫌隙始构矣"，不仅张肃未能自保，也加速了刘璋的灭亡。

兄弟之情薄如此，那么父子之情又如何呢？一如纸也。

诸葛亮之侄诸葛恪，如诸葛亮一样，受吴主孙权遗命辅吴，位极一时。后死于非命。对于主子孙权，他可谓忠诚之至。可对于自己的骨血，一旦可能有碍于自己的仕进，他却可以毫不犹豫地下其毒手。《诸葛恪传》有这样的记载："恪长子绰，骑都尉，以交关鲁王事，权遣付恪，令更教诲，恪鸩杀之。"寥寥数语，读来却令人不寒而栗！

人性本善还是人性本恶，古来争议不已。看了上述随手拈来的几个例子。至少我个人是很怀疑人性是否本善了。不过，古来亦有一说"乱世出奸雄",此言我则深以为然。三国中那批大大小小、形形色色的奸雄们乃是那个混乱不堪的年代之必然产物。国无一统之主,地无恒久之君,人的私欲却大有膨胀之机。大小豪绅、军阀们趁乱谋私,小民百姓则多有趁火打劫、落草为寇的。利令智昏,更兼非常年代的唯一基本法则就是弱肉强食。骨肉之情就难免大大淡薄了。恰如今世之欲望时代,人们被某种思潮、邪欲熏昏了头脑,父子反目,夫妻成仇的不也比比皆是吗?幸好现代毕竟不同于古代,尽管后果也令人扼腕,人头为之落地的尚不算多。亦不失为一种现代人之幸运吧。

四、幸未生为旧时人

说到现代人的幸运,反观三国时代,恐怕最根本的差别倒不仅在于物质的巨大差距,而在于现代人尤其是一般草民的人权保障较历史中人,尤其是战乱年代中人要优越得多。现代人最大的幸福在我看来,无疑主要还在于社会的进步,民主的逐渐臻善。

古代社会生产力水平极其低下。平民得个饱是丰年,官宦再富也没"奔驰"没私人专机。看看三国中人,封功行赏之物也不过食邑多少户,赐米多少斛或绢多少匹,无甚了不起。然而彼时之人的功名利禄、争权称霸之心却是一点不比现世人差的。无论文人武士、王公贵胄,无不各事其主,窥伺时机一展身手。为的是青史留名,封妻荫子。然而走遍三国,看来瞧去,我是越看越觉胆寒,越看越觉纳闷:似乎古人都比今人豁达、无畏,而且他们的性命也远比今人不值钱;那时毫无民主可言,任何个人的命运都完全操纵在地主或军阀、天子手中,明明都知"伴君如伴虎",稍一不慎则不仅自己人头落地,还要诛连九族;一人犯事,满门弃市的事在三国中几乎天天都在上演,而那班文臣武将却依然人人踊跃,飞蛾般向着那功名之火猛扑!或许古人的忠义、道德之心的确要较今人来得认真些;或者换句话说,古人的适应意识很强而民主意识缺如，故对种种非人道的规制习以为然，安之若素了。你诛我三族，我灭你满门，也就成了一种可以理解的约定俗成。只不知那些"败则寇"的家族中人是如何过日子的。在我看来，若我家中出了个做官的，实在是件可怕至极的事情。不定哪天他犯了事，我的脑袋也得跟着糊里糊涂挨一刀，那日子怎么过得下去哪？

试看几例：

董卓之虐，世人皆知，仅迁都之际，他便"差铁骑五千遍行捉拿洛阳富户，共数千家，插旗头上，大书'反臣逆党'，尽斩于城外，取其金赀"。及其自己被诛，家产、人口尽被抄籍不说，"看尸军士以火置其脐中为灯，膏流满地，百姓过者，莫不手掷其头，足践其尸"。可谓死有余辜，罪有应得。然而赫赫文史学者蔡邕却"只因（董卓）一时知遇之感，不觉为之一哭"，竟也被王允下狱缢死。王允的真正理由只是："昔孝武不杀司马迁，后使作史，遂致谤书流于后世。方今……不可令佞臣执笔于幼主左右，使吾等蒙其讪议也"！

又如："当下司马懿、曹爽扶太子曹芳即皇帝位……自是兵权皆归于曹爽"。

然而就是这个曹爽，不久便被老谋深算的司马懿略施小计，"押曹爽兄弟二人并一干人犯，皆斩于市曹，灭其三族；其家产财物，尽抄入库"。悲夫！

另一个类似的可悲角色，便是那个官至一人之下万人之上的诸葛恪。

"恪见吴主孙亮……酒至数巡，吴主孙亮托事先起。孙峻……上殿大呼曰：'天子有诏诛逆贼！'诸葛恪大惊，掷杯于地，欲拔剑迎之，头已落地……恪合家老小，惊惶号哭。不一时军马到，围住府第，将恪全家老幼，俱缚至市曹斩首……"

王公大吏有旦夕祸福，贵为天子者又如何呢？且不说刘禅降魏，孙皓臣晋，曹芳为司马氏所废；正统至尊如真命天子之汉献帝者，非但自己未当上一天正尔八经的国主，最终未免被黜之厄运。其在位时，就已惨至眼看心爱的伏皇后被诛也束手无措的地步了。"且说华歆将伏皇后拥至外殿。帝望见后，乃下殿抱后而哭……后哭谓帝曰：'不能复相活耶？'帝曰：'我命亦不知在何时也'……华歆拿伏后见操，操……喝左右乱棒打死。随即入宫，将伏后所生二子，皆鸩杀之。当晚将伏完、穆顺等宗族二百余口，皆斩于市。朝野之人，无不惊骇。"

岂止令人惊骇呵！正如演义所引一诗云：

"曹瞒凶残世所无，伏完忠义欲何如。可怜帝后分离处，不及民间妇与夫！"的确，一人命蹇，合族受戮。从这点看，王公贵胄的命运的确还不如草民来得安逸。然覆巢之下，岂有完卵？在那战火频仍、饥寒荒乱之封建专制时代，哪个不是朝不保夕，谁个能有真正的人权保障可言呢？念此不禁由衷地为我们多灾多难的民族、先祖扼腕三叹！

万幸的是，三国毕竟已成演义，历史的悲剧也决不会再在今世重演。

可笑的笑

脸是人生之云，瞬息万变；笑是生命之花，绚烂缤纷。不过，正所谓比喻都是蹩脚的，实际上表情这片云远不是轻飘飘的，其意之重有时就像座直插云霄的大山。而笑容，几乎是根本不可与花儿同日而语的呢。花儿或红或紫、或香或淡，哪一朵不是绰约美丽的？但人之笑又有几多真称得上美的？售货员的微笑服务常常让人感到手足无措；推销员的甜言蜜语常常令人疑虑重重；美人的倾城一笑似乎总有些虚浮缥缈；恋人间的卿卿我我大多好似化妆演出；更别说某些下级对上司拼命挤出的谄笑，某些上司对下级程式化了的强笑……

其实笑的本质完全应该是美丽的。察之襁褓中的婴儿，品味俯身热吻婴儿的母亲，他们的笑容之纯真之美丽，非阳春三月原野上的清风、夏日月夜绿荷上的雨露不可比拟。什么内容使人类之笑的形式凝滞而沉重，乃至于异化成千奇百怪的崎零，甚至笑的本身也变得可笑？

或许这才是笑之本质，人生之本质？无怪一生写过许多令人苦笑的作品的法国大作家拉伯雷，在死神降临时竟还要这么微笑着说："我这就去寻找另一个辽阔的自然王国，启幕，笑剧开始了……"

其意可能是说：又一幕笑剧开始了。我猜。

骄傲一把

出于理所当然的习惯吧，每当孩子拿了作业本子让我签名，看看偶然出现的"良"或"中"便会大皱其眉，批之励之；看到"优"或"上"呢，喜不滋滋赞赏一句，却又赶紧补上一句：不要骄傲！一年级如此，二年级亦如此，从不觉得有何不妥。直到有一天，未及开口，儿子已代我说出了那句必不可少的诫语，并诘之曰：骄傲是不是很坏的意思？方始有了点小小的触动。是呵，骄傲到底是不是件坏事呢？如果不是，为什么总这么不厌其烦，一次又一次不假思索、天经地义地训诫不已呢？如果是，到底又坏在哪儿，坏到什么程度呢？似乎从来没有想过这个问题。现成的结论倒是有的：虚心使人进步，骄傲使人落后。此言不妄。但也有个如何理解的问题，且并不等于说骄傲本身就是坏事呀？骄傲不过是一种心态，为个人或国家来之不易的成绩、收获自豪、得意、满足而"骄傲"之，就算不得坏事吧？只有在一味骄傲以至到了不思进取的程度，它才算得上是种是不良心态了。既如此，总是笼统地教育孩子或要求自己、别人不要骄傲，似乎并不那么合宜呢。

实际上，一个有理智有上进心并生活在相当社会压力中的人，骄傲到躺倒不起来的可能性我想是不存在的。真正该警诫的只是那种并无实际成绩的盲目乐观、盲目骄傲。而能够有实在的成就或进步骄傲一把，恐怕是人生一种难能可贵、令人羡慕的佳境呢。从心理机制上看，骄傲也是一种令人愉快的良性刺激，有那么点儿兴奋剂的味道，为了不断品尝它，反而会诱人不断追求值得骄傲的新境界。如此，何必总这么絮絮叨叨地防"骄"不已呢？或许，几千年一贯制的"反骄破满"，也是我们这个民族性格太偏于抑制、太过内向甚至滑向拘谨、虚伪的内因之一吧？从个人来说，人生之遇，不如意事常八九，难得有那么想乐一回、骄一把的资本，也一味诫之、抑之，于心身，于进步，恐怕反倒是一种败坏哩——较之强抑得意口是心非的"哪里哪里，不行不行"，骄傲恐怕还来得坦诚些。既如此，骄傲一把又何妨？

镜子告诉我们什么

镜子可说是人类最忠实的朋友。它不受感情或理智的支配,将你的姣姣倩影或枯槁形容不加粉饰地传达给你。或喜或悲,相信或是怀疑镜中的自我,是你自己的事,它从来不予理会。当然,这也在无形中映出了一个可悲的疑虑:如果镜子是有理智有情感如我们一样的生物,是否仍会如此耿直不阿地忠实于客观?

疑虑归疑虑,且不管它。但若真以为我们人人都会因此而从镜中看到真实的自我,未免就失之天真了。镜子忠实与否,有没有灵魂是它的事,我们可是有血有肉有灵魂的哟!看到眼角的鱼纹,我们不会不明白此乃镜面蒙尘的缘故;瞧见丝丝白发,我们不能不考虑到光线的作用;气色似乎有些晦暗,谅必是天气阴郁所致;至于那两颗黑痣或几粒青春痘,"看"上去与鲜美的苹果上那几颗小小的疤斑有什么两样?暇不掩瑜,衬出的只能是分外的美丽呀!至于别人眼中的自己美不美、丑不丑,英俊不英俊,潇洒不潇洒那是别人的事(天知道他们持的是什么审美观哪),镜中之我永远是俊美而洒脱,年轻或轩昂;要不然,我们怎么能信心十足地离开镜子,投身于浩渺人海呀?

当然也有相反的情形,别人和自我都告诉自己:你沈腰潘鬓,柳眉樱口。然而镜子却无情地刺入你眼中几颗可恶的"青春美丽痘"或是一条(其实决不)太粗的腰!你挤呵挤,束呵束,可气的是痤疮挤而复生,腰围束而仍粗——除了砸掉镜子或者改用西施时代那雾里看花式的井中之镜,还有什么更好的办法?

如此看来,镜子的忠实是否是我们所需要的,似乎可以打上一个问号,换句话说,绝对的真实看来未必是最讨人喜欢的。然而这倒也罢,客观的忠实与真实毕竟还是客观地存在着,不以我们的意志为转移;而主观的(包括自我对自我的)真实与忠实,是否也真正地不以我们意志所转移地存在着,简直也可以打上个大大的问号哩!

想当然耳

想当然者，未必是贬词，使用中却常常含有贬意。然而现实中，想当然竟是许多人的人生基本准则！

不干不净，吃了没病。全无半点科学依据，然而有多少人仍在奉为指南？头疼发烧，口舌生疮，不问三七二十一，一律谓之"上火"。上的什么火？住在高楼，一有不适，便说是住得太高，接不上地气之故；何谓地气？既有地气，何以不能上达？西方人多居数倍于我们之摩天大楼，怎没死光？中医中药，国之瑰宝。然其中也杂有大量因科学不发达而致的想当然成份。不论病因如何，一概以阴阳气血论之，往往失之牵强。中药的附会成份就更多了。动物之鞭谓之壮阳，虽无道理，想得还有那么点儿逻辑性；连犀牛角也谓之壮阳，仅从其坚硬去揣想，实为荒唐了。小孩之尿谓之良药，因为其为童男童女之遗，必比成人来得纯洁。何以成人的尿就不纯洁？心理渊源无非来自古老的性禁忌。人参大补，却又说不可与萝卜同服。如果这一结论来自实验室当然不属臆想。但这恰恰是想当然的产物。所谓萝卜通气也。萝卜通气更是想当然而已，胃里嗝出之气与具医疗价值之"气"风马牛不相及也！何况现代医学早有萝卜并无与人参相矛盾之化学成份之论,许多医者却依然视萝卜为人参之大敌!

有意思的是,人们虽然常因自己的想当然闹出点苦头来尝尝,比如吃了不干不净的东西拉了回肚子,却也并未因此而倒多少大霉。因为多数情况下,想当然也不失为一种对现实的解释和认识,虽然不正确,未必有大碍。比如我们吃人参不吃萝卜,并不至于会使我们便因此而缺乏维生素。将发炎理解为上火,并不妨碍我们打针吃药,一样治了病。有时想当然还给我们带来暗示疗法的妙用,比如相信牛角能壮阳者,吃下去说不定真就会生儿子了。

不过,想当然一旦左右了我们的政治生活或者是经济运作、人际关系,后果就常常是啼笑皆非甚至是可怕的了。看见老婆与人同行,想当然以为在与人私通的笑话新闻中时有报导,有的甚至引发悲剧。根据片言只语或蛛丝马迹便断定某人害自己,从而大张挞伐甚至诛灭满门的事,比如仅仅根据一句"清风何事乱翻书"便砍了人脑袋的丑剧,历史上没少上演过,这样的结局几人消受得起?

看来,还是科学态度和实事求是来得好一些。

吃名牌

风靡全球的世界第一饮料可口可乐的配方一向是绝密的。最近据说已被人无意中发现而公诸于世了。令人惊讶的是该配方其实并无多少特殊成分，不过是一些量的香料、咖啡因加充汽水而已。还是该公司一位要员说得坦诚：我们卖的就是这个，人们吃的就是名牌。

原来如此！这么看来，所谓名牌，实质也实在不怎么的。不由令人满怀狐疑地联想起时下风靡国内的那多达几十上百种的各种名牌饮料、营养液之类，是否也和可口可乐一样，其中也有仅仅让我们吃到个名牌的货色在？如果是这样，那和我们猛烈声讨的假冒伪劣商品有多少两样呢？与欺骗的区别又在哪里呢？或许一旦成为名牌，就不属伪劣了？果如此，则又使人犯糊涂了：要知道在传媒日益发达的今天，要使产品成为名牌，实在是很容易的一件事了。舍得花钱就成，做广告，上新闻，狠狠"包它一装"，多少名牌也者，岂不就是老百姓从电视上这么看来的？咱们中国人原先谁爱喝什么可乐？还不是让广告给引导出的"新潮流"？

有趣的是：在没点破这个奥妙之前，喝可乐的几个人不说那玩意儿的确了得的？名牌魅力之大，怎么估计都不为过呵。

其实这还不算什么回事。"名牌"人的影响那才真叫厉害呵。歌星让人追得上个厕所都要靠保镖；"气功大师"把人迷得前仰后翻，又哭又笑；其实他们是否也有和可口可乐一样名不符实的呢，恐怕迷他们者压根儿已没心思去思量一番了。瞧，这名牌的力量才真叫够劲呢！

风景里的人

那日我在郊外，远远地见一缕袅袅炊烟，扶摇于飒飒的杨树梢头，心头竟砰然绽开一朵久已麻木了的乡情。及至近时才发现，那不过是一个建筑工地的简易伙房正在午炊。油烟弥漫中，一赤膊汉子正大声咳呛着，用一把大铁锨翻一锅粗砺少油的白菜，除了知道自己正在辛苦、忙碌，此时的他，何曾知道自己亦已为别人制造了一份诗情，一份难言的美？

"你在桥上看风景，风景里的人在看你"。卞之琳的诗句掘开了一个人生的美丽的秘密。然而生活中更多地还有着另一种情形：风景里的人，如方才那个"美"术大师，常常却只知道自己在忙自己忙不完却又不得不忙的、简单得如一道难以下咽的菜的生活；根本无暇看什么风景，甚至不知道自己也会成为风景。而看风景的如我一般的人，却又常常在自觉不自觉地怀疑、发问自己存在的意义！

其实，那一缕淡淡的清烟，已经或多或少地回答了我们：存在或曰活着，或有辉煌、黯淡之分，本身却已是意义的同义词了——

至少，它已为这个世界生成了许多美丽的"风景"！只不过自己未必"看"到罢了。

而倘能明乎此，自己是否"看"那风景，又有何妨呢?

碧海青天夜夜心

年年举头望月,年年想起李商隐:"嫦娥应悔偷灵药,碧海青天夜夜心"。

看过慧木大相撞的电视镜头的人,即使再痴顽,恐怕也不会再相信月宫里果真还住着个叫嫦娥的美女。可是,只要人类的世纪还在,便会有人想起李商隐,想起那个寄托着人类长寿、成仙之梦的嫦娥女——假如真有那么个嫦娥,而让现世活着的人来作一个抉择:热热闹闹地活下去,寿止于百年;凄寒孤寂地飞上天,作一个永无寿限的嫦娥女,我们会选择前者还是后者呢?

对于许多人,这个问题难于哈姆雷特王子面临的那个生或死的抉择。成仙是毫无疑问的大诱惑,永恒是人类根本的大欲,其终极缘由是对死的恐惧本能。如果问一个百岁老人还有什么欲望,毫无疑义是就是生。孤寂也好,悔恨也好,相对于死亡的挤迫又算得了什么呢?中国人信奉好死不如赖活哲学,真是一种悲壮而无奈到极点的坦诚呵!嫦娥的悔恨是无疑的(但其结果未必是重新选择死亡),因为她期望的成仙原是优于凡俗生活的永恒,实际得到的却是凄清与毫无生气的孤高。预知与死对应的是"碧海青天夜夜心"的我们,还会选择月宫吗?

会的。至少我会的。至少在行将就木的那一刻,我会伸出枯槁了的手,拼力攫取那灵药。不为别的,只为我无法想象这个充满着痛苦与欢乐、收获与期待、矛盾却鲜活的世界,居然真的要弃我而去了!

建筑与被"建筑"的

建筑是立体的诗,是凝固的艺术,是历史的座标,是审美的客体,这么说自然都不错。但也不能忘了,建筑根本上还是一座座供人住为人用的房子。所以在艺术细胞不那么发达的我眼里,建筑最实在的定义就是,它是人类需求的产物、又是人生不可或缺的温床。从这个意义上说,森严肃穆的紫禁城与流浪汉栖身的桥洞本质上是一回事。不同的是没人会赞美或羡慕流浪汉的寓所,而末代皇帝被逐出紫禁城却会让无数长辫子遗老们哭绝在地或上吊在绳。这就又回到艺术、历史或审美和价值判断这类建筑和人与生俱来的互动关系上来了:它因人而生,人又因它生,更因它而情;人与人处久了会成朋友,房子住久了,会比朋友还让人恋恋不舍。因此,说建筑是人类灵魂的附着物,是艺术,是可触摸的诗,又是个绝不夸张的客观定义了。比如我,打从1980年来南京后,搬来搬去呆过不少地方,其中既有历史文化积淀极厚的地方如总统府,又有平常无奇的老房子如建邺路174号省委党校2号楼。多少年过去了,每当我路过那些地方,仍不免停步驻足,心情复杂地冲它们发一会呆,许多个模糊的日子又会如初恋情人般颦颦笑笑地闪烁于眼前。

相对而言，我在总统府呆得最短。1980年元旦后我在那里工作过几个月，并在东厢的地板上打过一阵地铺。实在说，总统府给我的第一印象是有些失望的。看起来，它远没有解放军战士踢倒青天白日旗，插上五星红旗的著名照片上那么高大威严。不过，当我在黯寂的夜晚独自穿越森森长廊时，立即感受到它那不可撼摇的内在力量。肃立两旁那粗壮高大的红漆廊柱，浑似两长列令人不敢仰视的武士，让我战栗于历史的逼视是那般沉峻无情，文化的内质竟又是如此凝重而不可捉摸。我也曾在西花园石舫上踯躅嗟叹。举头望天，残月似与我一样感慨万千；低头抚桌，洪秀全分明又坐在侧畔；只不过拂过耳际的，再也不是他悲鸣或狂放的笑声。凛凛夜风诉说的，只是个早已记入历史史册的陈年旧梦。

蒋氏王朝的命运也不比洪秀全好到哪去。建筑在这里也尽显它独特的功能。我曾在一个中午溜进蒋委员长的办公室转了一圈。印象最深的是此公在大陆的日子实在也乏善可陈。煌煌委座办公室不过有一张宽大些的硬木桌和几把椅子什么的。不过无论如何，总统府作为两代时代的中心和历史的见证者，注定了要在史册上保有它显赫的地位。这又是建筑的一大特性了：通常它总能比人或王朝长寿。而今的总统府，王朝不知何处去，游人依旧笑春风。想来真是耐人寻味。

省委党校里的2号楼曾是省文联办公楼。虽平常，却也是颇有年纪的民国建筑。坡顶，老虎天窗。里面是火车厢般暗而长的走道，大小无二的房间分列两侧。我在那儿呆了7、8年，办公于二楼，栖息于四楼阁楼间。面积倒不小，只是刚入住时脑袋老与那斜度颇大的房顶闹摩擦。夏日热到四十多度，地板上粘粘的，因为漆的软化。印象犹深的，是那被蜂窝煤和各家杂物挤得水泄不通的筒子道里，几乎永远沸腾着呛鼻的油烟或嬉笑、吵闹的交响乐。我每天要自西向东小心往返至少十次，为的是到公用龙头提水、洗涮。2号楼让我颇觉留恋的内因恰也于此。虽说条件简陋，却是我事业与人生之名符其实的摇篮。朔风凄唳的冬夜和挥汗如雨的夏日让我苦不堪言，却也催孕出包括我的小说处女作在内的多半作品。建筑是人造的,却又反过来"建筑"我们,这岂非又是建筑的一大特质?这或许也是有一次距此咫尺的党校礼堂毁于冲天大火时,我痴望着云集我窗外楼顶扑火的消防官兵不断祈祷、心如撕裂般痛楚的原因。狗不嫌家贫,我又岂能不为这母亲般庇护我的建筑怀一份深感?

  而今 2 号楼已不复存在。代之而起的是焕然一新的校园和幢幢现代化建筑。它们无疑更美也更实用了。但我初回此处时,心头还是感到莫名的失落。所幸我常在其下散步的老雪松还蓊然伫立,多少抚平我些许怅惘。这么看,建筑的确牵扯着我们的情感。然而建筑毕竟是建筑,我们对它的感情或可长存,对他的处置有时却不得不依据现实而非情感或文化判断而作。比如 2 号楼消亡了,党校的价值和功能却不能不说是拓升了。当然,这也决不等于说,我们在处置那些富含历史文化积淀的建筑时可以姿意妄为。对待它们你得有一份起码的敬畏和珍爱。它们已非一般意义上的建筑了,栖居其中的,可是有生命、有神性的历史老人哪!

流浪犬与哲学

那是条品相还不错的吧儿狗。这种狗本应属贵族。在冬天穿着红背心，黄靴子，被主人儿呵护着疼着亲着，多半肥得挪不动步。当然，贵族也有落难时。我初见它时，这眼泡红肿流脓，浑身脏污，毛都快掉光了的落难公子，蜷在垃圾箱前的木板上，有气无力地冲我摇尾巴。我稍近前，它即惊恐地挣起逃开。我属于那种似乎天性有着喂食动物癖的人，手头刚好又带着早点，便扔给它一个包子。见它狼吞虎咽、几乎没过喉就落肚的样子，我不禁可怜它，也暗恨那些遗弃宠物者太冷血。米兰.昆德拉也说过："对于人性，道德上的真正考验，根本性的考验，在于如何对待那些需要他怜悯的动物"。周围住着或路过的人不少，不收养它，多少喂点零碎又有多大事呢？当然我也不打算收养它，毕竟它太脏了。但以后再来这里，我会记着带点食物给它。它很快记住了我，只要我车声一响，就歪歪扭扭地迎着我跑来。我怕染病，远远喝住它，将食物扔过去就赶紧躲开。

怎么今天没见它踪影？我疑惑地停好车，发现那小狗像团破棉絮般，蜷缩在垃圾箱背角的泡沫板上。我啧啧几声，毫无反应。不祥的预感浮上心来。拣块木板轻触它，感觉是僵硬的——这些天夜里滴水成冰，它不被冻死才怪哩。

我扔下木板，有些惊惶地跳开去。心里却有些释然。事情明摆着，就是天天供它吃饱喝足，这条狗也是捱不过这个冬天的。还不如早点解脱好。

看看周围，近处的小平房里住着几户拾荒人家。几个大人趁着阳光好，忙着在门前空场上摊晒他们拣来的破纸板之类垃圾。几个比小狗大不了多少的孩子在争抢着骑一辆破童车。再远些的两幢居民楼上，花花绿绿地晾出许多衣被。鲜花在阳台上怒放。楼下的草坪上则嬉戏着两条裹着红背心的小狗。它们的主人在一旁疼爱地呻唤着。人们像往日一样，以各自的方式继续着各自的生活。

这没错。先哲早有名言："但求室内安然无扰，哪管室外疯狂世界"。世界是否疯狂且不论，人生在世都有各自的生存压力，求得室内无扰已大不易，谁还有闲心管一条流浪狗死活？这么想对我有些慰籍，但偶尔念及那条小狗，多少仍残余几分愧意。小狗的命运，也让我对一些古老哲学的真理性产生了怀疑。比如蒙田就曾以叹羡的笔触论及人与动物的命运差异："在天地万物中惟有人被选中去承受骇人听闻的苦难，以至于在黑暗的深渊中我们生而为人，还不如蚂蚁与乌龟。"这种观点，那条弃狗显然不会同意。庄子也说过"子非鱼，焉知鱼之乐"之类。而我并不认同人与动物间的理解有太深的鸿沟。任何生灵都可能惺惺相惜。我非狗，但我从这条小狗的遭遇中，很容易推出一个浅显的结论：我不愿接受它的命运。而它乃至亿万牲灵，恐怕也很难认定自己的命运会比人美好到哪去。何况动物没有人类最可贵的理性，没有主宰自身的能力，完全受制于弱肉强食的生物法则。即便那些仍然得人热宠的幸运儿，也不可能没有烦恼痛苦。仅仅因为无法明白自己缘何会得宠或失宠，在我看来就远不是值得羡慕的。

当然，我也并不打算因此而为自己生而为人浮一大白。人类的烦恼、苦难有时让我们感到窒息，因此而派生出那么繁多的哲学。但若有一种哲学能帮世间一切生命稍减困厄，我愿意向其顶礼膜拜。

午夜

已是午夜,我仍在千里之外的重庆街头踯躅。或许是天涯孤旅较易敏感吧,此夜我心绪不宁,毫无睡意。于是便出来散心,后又久久地蹲在宾馆外的路牙上发愣。此时的街头因行人渐稀而显得异样空阔,灯火亦倍觉煊赫,正可谓光焰烛天。车流虽然也稀落了些,却也依然是穿梭如织,尤其是一辆辆白天不得入城的重型卡车,隆隆之声令我脚下的地皮都颤栗而发烫。

一团莫名而神秘的压抑感,仍如雾都那粘湿的水气般紧紧包裹着我。一个个似乎毫无理由的问号,则如那一辆辆突如其来的车辆般,匆匆从远处驰来,又似乎从来没有出现过一样,匆匆地向远处飘逝。这么晚了,这些人,这些车,包括我,为了什么还在外头奔波、徘徊?一个人有一条生命,一条生命有一串故事,这些故事因了什么而神秘地交织在这么一个时空之间?他们是这故事里的什么角色?我又是其中的什么角色?故事必有喜,故事亦必有悲,谁编织了我们的喜与悲,又是谁把我们编织在当下这个莫明其妙的故事里?据说,纪晓岚在回答乾隆对江上穿梭的帆影之惑时曾说:天下熙熙,皆为利来;天下攘攘,皆为利往。此言似乎正可以解答我的疑惑；然世事，人生，真可以如此直白简洁地概而括之吗？我总觉得，逐利只是人生之表像。总有更多芸芸众生也许终其一生也不得要领的东西，驱策我们奔忙一世。否则，人生也未免太简单、太乏味也太无价值可言了……

正恍惚间，恍然意识到不远处的巷口，有个人正在偷偷觑我。说是"偷偷"，是他一触及我的目光，倾刻便掉过脸去，双手抱膝，作正襟危坐状。而先前我就依稀觉得此人一直在注意着我。于是站起来近前去，看清楚这是个50开外的山村老汉，头发蓬乱，衣衫破旧，上面还地图般满是板结了的汗渍。这么晚了，我是出于无聊而蹲在街头，而他却是出于生计，在这儿守着身边那一背篓桔子。只是那桔子大多还青，夜又深了，如何出得了手？怪不得他老觑我，是把我视为某种希望了吧？我心微微一悸，便开了口。我说这桔子一定很酸吧，他老实地点点头，却又说，酸得不算狠，解渴还可以。我问他多少钱一斤，他说是一块便可以。说着竟抓起两只大桔子往我手中塞：尝个鲜吧，不要钱。我心一热，便打算帮他一把。边往他秤盘里装桔子，边随口问他为什么不等桔子长熟再卖个好价钱，哪知他竟长叹道：哪个舍得嘛！可是孙女在对面医院住院，钱缺得恼火，能找几个钱就找几个吧。我一听，又往他秤盘里加了几个桔子。可付完钱后，他又往我袋里塞了两个桔子。我谢绝，万万没料到的是，他居然又说出如下这句话来：早点歇吧，天黑得再狠，睡一觉就亮了。

我是走出一段路才回过味来的。我的天，怪不得先前他老在偷觑我。原来他也在同情我！原来他早已悄悄地进入了我的"故事"。

我蓦然回首，但见朦胧而眩目的光晕中，那老汉又如先前一样，孤独地双手抱膝，头搁在膝盖上，老僧入定般仰望着迷乱的夜空……

香蕉及皮

天刚擦黑，路灯还亮得有气无力。我路过这人迹稀疏的巷口时，无意中瞥了他一眼。他的头蓬得像只鸟巢，脸污黑得似乎刷了层漆。肩搭个瘪瘪的、像他衣服一样脏兮兮的大化肥袋。平时你只总是在垃圾堆前见到他们，经过他们时，我们的路线恐怕都会自然地划出个弧度，视线也不太会在他们身上多作逗留。

之所以让我多看他一眼，就因为他现在是站在香蕉摊前，专注地审视，小心翻弄着几把香蕉——香蕉摊是那种不同于水果店的，在一辆三轮车上码一堆低档香蕉的摊子。因为生意清淡，那卖香蕉的并没在意摊前有了个顾客，他歪着脖子抱着双臂，正出神地看路牙上两个民工下石子棋。使我有些讶异的就是，那个拾荒者并没有如我想象的那样，意在顺走一把香蕉；而是终于选定目标，从一把香蕉上掰下几个小香蕉，搁进秤盘，并开始在胸前摸索。同时也如同我们一样，伸长脖子盯着摊主的秤杆。有意思的是卖香蕉的，他并没为生意太小而不屑，认真秤量报价，还把枰杆移给拾荒者验看。在拾荒者终于摸出一小堆角币点数时，他才认真打量了他一眼。这一眼显然让他有些意外，但旋即平静。他把四个香蕉装进小袋递过去，却把拾荒者递来的角币推回去，同时摆摆手。

拾荒者如我一样木了一下，迅疾离去。但很快又迟疑地回过头，再次把手里的小钱向卖香蕉的递了一下，卖香蕉的这回露了点笑容，再次摆摆手。拾荒者这才向他一哈腰，大步走开。同时迅即撕开手中的香蕉，几乎一口就把整只香蕉吞进了肚里。当他上到对面马路时，路间已先后扔下两只香蕉皮。但第三只香蕉皮没有落在地上，拾荒者眼前出现了一只垃圾箱，可能是职业敏感吧，他在垃圾箱前站住了，并把第三只香蕉皮扔了进去。接下来，又一个让我有些讶异的情形出现了：他竟返过身去，将先前扔下的那两只香蕉皮捡回来，扔进了垃圾箱，同时还伸头看了看那卖香蕉的，很快消失在暗影里。

我也看了看卖香蕉的。他又在看民工下棋了，好像什么也没发生。但我却觉得自己看到的还是有点意思的。看来，人与人是有很大的不同的，但无论什么人，无论他处于何种境遇或地位，心深处总还会存有某种共通的东西的。我还联想起这么一种说法：有人在南美打一个喷嚏，根据声波扩散放大原理吧，最终竟会在太平洋引发一场风暴。以前我总觉得难以置信，现在我有点相信了。卖香蕉者那一小点善心恐怕就有了点反应。至少，如果世间多一些这类暖人的小火星，没准有一天真会燎原呢！

我折回香蕉摊，买了两把香蕉。

小黄

其实小黄不算小了。据保安说，他在这小区已四年多，那时小黄就在。那么至少5岁的狗，差不多相当于人的40岁了。至于小黄是否有过主人，则众说纷纭。我比较相信保安的说法，即这儿拆迁时，主人将它遗弃了。而它依然视此为家，独自谋生。逮青蛙、吃蚱蜢，甚至捉老鼠。随着小区入住率提高，小黄就主要依靠业主施舍了。虽然有一顿没一顿的，毕竟境遇大大改善了。

虽是条草狗，小黄长得倒还讨喜。模样憨态，性格温顺。六七十公分长的个头，也不至于让人恐慌。相反，它那双温润而含情的眼睛，会让许多人心生怜爱。最大的特点是我从没听见小黄吠过一声。而且它从不向生人乞食，见到喂过它的熟人，顶多大摇其尾，喉咙里发出些微低抑的嘶唤，且总是离开你几步距离，不会伸爪碰你一下。这与其说是性格，不如说是小黄的聪明之处。它懂得最大限度地适应命运与环境。即使这样，总有不喜欢动物的人，打电话要求警察把它逮走。保安说，警察还真来过几次，但小黄运气不错，回回都被别的业主护下了。比如有位晒太阳的老头就对警察说：谁说它是无主犬？我这就收养它……

没人收养的滋味，即便对于一条狗，也决不是好尝的。夏天还好，野物也多。冬天怎么得了？西风一天紧似一天时，小黄经常就紧缩成一团，趴在枯黄的草皮上，将它当毯子获取些许暖意。谁唤它一声，它也只有气无力地摇几下尾巴，黯淡无助的眼神令人心酸。但尽管怜悯它、伺喂它的人渐渐多起来，但谁也爱莫能助。毕竟喂点食和将一条从未免疫又这么大的"野狗"带回家，不是一回事。

要命的是小黄居然怀孕了！而且保安说，这已是第三次了。小黄为此吃足苦头。最惨的是头一回，小区还没几户人家，小黄生了六只小狗，竟被它吃了两只！想来是饿极的它须给另几只小狗提供乳汁。但既如此，你干嘛又怀孕？转念一想，生存、繁殖乃一切生命之天性，怪得它吗？可这回它实在是生不逢时。当其肚子硕大之际，正是暴雪将至之时。看着它艰难地挪着身子在寒风凛烈的大门口瑟缩的样子，我不能不为之愀然。这种天气下它自身都难保，如何过得生产这一关？果然没多久小黄就失踪了。我以为它死了。哪知几天后它又出现了，肚子明显瘪了，浑身的毛却让湿雪染得污黑斑斑。那它的小狗呢？问了保安才知道，聪明的小黄找了家空调房，硬是用爪子在台阶缝边扒出个一米多深的洞，把孩子产在那里。而这胎竟生了7只小狗！我找过去，果然见到小小的洞口和里面叽叽呻唤的小狗。令我惊讶又欣慰的是，洞口的积雪都被人清除了，还放了一大盆牛奶，好些个装着各种肉食的塑料袋。还有人在洞上支了块木板挡雪，并放了几件旧衣服让它保暖——小黄顽韧的生命力和伟大母性为它赢得了广泛同情。更妙的是，没几天，小黄母子竟又从"地狱"跳进"天堂"——有人将小狗从阴冷的洞里掏出，用旧沙发和旧被褥在自家楼道里为它们搭了个温暖的窝，旁边放着大盆食物和清水。小黄舒服地躺在里面，7个肉嘟嘟而憨乎乎的孩子则挤在它肚子上，吧叽吧叽地大吮其香甜而充裕的乳汁！

看到我，小黄挣起头，眼中炯炯放光，尾巴敲得得褥噗噗响——这是它的话语呵。如果说得出，它会告诉我什么？如果会思维，动物们也会思考命运、感恩之类哲理吗？较之那些在宠物店吹风美容的同类，小黄无疑是不幸的；但较之那些僵毙于冰雪中的流浪犬，它又是万幸的。只是，要不了几天，它的孩子们又会像以前一样被抱得一只不剩。孤零零的它又会作何感想？

无论如何，小黄是苦尽甘来了。那么，好生将息吧。愿天下"小黄"都幸运。

小有小的乐子

那个角落我总是敬而远之的。倒不是君子远庖厨的意思，而是我不爱吃鸡。那儿又是个让人无法产生审美愉悦的地方。但我今天心血来潮买了只活鸡，于是便直面了那个污浊而腥臭的空间。但见无数细密的尘埃和鸡绒在阳光里上下翻飞，让我不敢正常呼吸。杀鸡的地方总是脏的，但我却没见过比这更脏的杀鸡间。简直是惨不忍睹。几平米的空间里，热腾腾翻滚着臭气和鸡们的惨叫。眼前不见一寸干净的地方。湿污的地上满是鸡屎、鸡血和小山般堆积的湿鸡毛。墙上、案上、锅壁、炉壁乃至屠宰者的围裙、四肢、头发上无不沾满鸡绒、血迹、污点，黑漆麻乌而令人作呕。之所以没逃之夭夭是我的鸡也得靠他们宰杀。

而他们的表现也吸引了我——我指的是杀鸡间里那两个快活的中年夫妇。说快活是因为俩口子今天的生意显然非常好，越忙越快活或许是他们的特点。故他们一边手脚麻利地忙碌着，一边还不停说笑着。那男的间或还配合手中的节奏哼几下小曲。是的，节奏。他们的劳作过程始终伴随着鲜明的节奏感，而且分工明确，配合默契。一只活鸡送到男人手中，他会顺势一沉，再悠然拎起。紧接着光影一闪，剪子响处，鸡血喷溅，鸡们未及挣扎便落进了开水锅。男人用钳子啮啮搅拌片刻，一大堆死鸡便进了脱毛机。呼噜呼噜一阵响后，七八只热腾腾的褪净毛的鸡便哗一声甩在女人面前的长案上。但男人的任务还没完成。他剖鸡是从背上切开的。但见他操起雪亮的菜刀，咔嚓一切，只一刀，鸡身便从脖颈处分开。开口麻利地延伸到下部时，男人手腕轻轻一抖，鸡屁股便剜却大半而鸡身也到了女人手边。她的动作更流畅，一撕，鸡屁股没了；一扯，鸡腔大开；一剪再一拨，一咕嘟鸡肠便滑落案下筐中；而鸡心、鸡肝、鸡胗则落在她手中，三下两下一揪扯，转眼一只杀好的鸡便装袋递给了我：两爪的好了——她喊了几声，看呆了的我才意识到是在喊我。剪几个爪子或剪一截鸡嘴、鸡冠是他们区别客户的妙法，决不会出错。唉，可怜的鸡们，你们的命运竟如此悲惨！所幸的是它们还算死了个痛快。一只活鸡从他们手上到变成光溜溜的鸡腔，平均不超过三分钟。

鸡的命运我顾不上思考了。我感慨的是人的命运。成天操持着这样一种营生，长年处于这样恶劣的环境，始终呼吸着如此不堪的空气，浑身血汗斑斑地挣着这样惊心动魄的银子，他们怎么还笑得出来？也许他们别无选择，也许他们选择了随遇而安。可在旁观者看来，他们这种生活的趣味在哪里，意义又在哪里？也许他们从来就不屑于思考这类莫明其妙的问题吧？《红楼梦》中有句名言叫"大有大的难处"。而他们未必听过或听过也未必有兴致、有功夫去品味其中的意义。可以肯定的是，他们的处境和地位显然是算不得"大"的。但他们似乎以自己的"行为艺术"为那句名言配了个恰切的对子，叫作"小有小的乐子"。

而你呢？注意到这样一种人，以这样一种方式活着，又会作何感想？显然这种活法，决难引起我的羡慕，甚至会让我恐惧。但不可否认的是，他们看起来似乎不无滋润。那么，我，乃至一切"不如意事常八九的"人们，有什么理由不好好活着呢？好生活着吧，我们大家。我们也必有我们的"乐子"。

天上掉高帽

天上会不会掉馅饼？

无疑你会大摇其头（虽然总有不少人，还是会心存痴望，最终陷于江湖骗术或传销之类泥潭中）。

那么，天上会不会掉高帽呢？

且慢摇头！至少我的经验是可能的。也不知是否祖坟在冒烟，反正我几乎隔三岔五就收到（为什么总是）来自北京的大喜讯，让我血脉贲张甚至魂飞魄散。须知，"世人熙熙，皆为名来，世人攘攘，皆为利往"呵，我又如何能免俗？

——亲爱的姜琍敏先生：在您接到ＸＸ国皇家艺术基金会会长大卫·劳伦斯博士亲自签发的聘任书时，您已成为全球顶级艺术组织的成员。这意味着您的学术成就和艺术造诣受到了全世界的承认，您的学术成就和个人信息将随着您成为我会的学术顾问而收入《世界艺术百科全书》，永载于世界艺术史册……

呜呼，我何德何能，居然将永载史册——我这不是在做梦吧？

没做梦。不信你再看看这——

姜琍敏先生：鉴于您为我国文艺事业所做的巨大贡献，并根据您在文艺领域所获得的卓越成就及良好声望。经评委会三次筛选，您在"中华骄子·中国著名文艺大师评选活动中脱颖而出，荣获中华骄子·中国著名文艺大师称号⋯⋯

可说来惭愧，我上八辈子到现在也不会画画或书法，居然也成了著名大师？还是爱国主义牌的！可这名头怎么这么熟？我得上网查一查。还好，封我的是"中华国家书画院"，而非前一阵因评选"共和国脊梁"而闹得沸沸扬扬的"爱国工程联合会"。那名堂据说要收费，我这些大名头呢？啊哈，别看你换了马夹，真面目还不是清清楚楚？说什么入编费、奖杯费，道什么印刷费、展示费，图穷亮出的，还不是亮晃晃的敛财刀。问题其实并不在这里，而在这年头，有些人想出名想痴了，变着法子炒自己；那么有愿挨的，必定有愿打的；定是真有人乐意掏银子，买这一顶更比一顶光鲜的高帽儿。否则，这么些协会、院团会此起彼伏、风生水起地忙着为他人作嫁衣裳？没准儿，也真有人凭着这些个纸糊的大师啊，骄子啊的高帽子，得着了他想要的虚虚实实的好东东！

对啊，不是说存在的就是合理的吗？要不我也别假清高，花两钱买顶帽子风光一下再说？当下市面上，从钻石到钞票，从脸面到脊梁，从绅士淑女到烟酒百货，早已然无假不有，司空见惯。而假酒、假药会要人命，没听说假名头假文凭或者假荣誉会折人寿吧？当然，假的就是假的，自己心里得有数，切不可沾沾自喜乐昏了头，真把假的当真的，哪天露出尾巴来，终究不是好玩的⋯⋯

过下邳

下邳，即今徐州之辖市邳州的古称。但我独愿以下邳称之，实缘于自己的"三国"情结。少时痴迷，一部演义看了不下三遍。成年后又把那陈寿的《三国志》翻览一通。史志与文学演义，其真实性相去不可以道里计，可读性自然也无可比拟。但这并不能淹抑我或广大读者对三国故事和人物的景仰与兴味。足见罗贯中笔底生魔，影响之大，而文学本身那出神入化的独特功能亦不可小视。

下邳所以著名，首推演义中那尽人皆知的"白门楼曹操斩吕布"一回。京剧亦有《白门楼》这出戏。吕布、曹操、刘关张等三国重要历史人物纷纷粉墨登场，表演精采，形像动人，令人铭心。据《三国志》，这段风生水起的史实，确曾真实演绎于下邳。而其深远影响的根源，又首推关羽之圣名。虽然这位温酒斩华雄、过五关斩六将、刮骨疗毒谈笑风生、诛颜良、斩文丑的关公，当时实际是被曹操大大铩羽而先走了一回麦城的。但正因他的被擒，反而生发出他降汉不降曹、立功报曹、礼待二嫂而终于重投刘备这一串花团锦簇催人泣下的故事，大大升华了关羽的忠义品格。其与曹操"约三事"，亦典出下邳之土山镇。

其实，在今日之我看来，这出戏中的奸相曹操，非但不失其义，且是成全关羽的关键人物。其厚待关羽，小宴三日，大宴五日，赠袍关羽，才有关羽将其穿于衣底，上用刘备所赐旧袍罩之，以示不敢以新忘旧；其赠关羽赤兔马，才有关羽以乘此马，可一日而见刘备。更难得的是，关公封金挂印绝尘而去之际，曹操手下欲追杀之，曹操反道"彼各为其主，勿追也"。否则，是否还有后来之关大帝，我颇怀疑。故我对关羽之忠义的真正价值，及其是否当得起"天目心如镜"之武圣人大号，多少也是存了点儿疑的。

当然，我也明白，忠义观本身有其精神与审美价值。而关羽能从一介引车卖浆者流终于腾升为"三界伏魔大帝神威远震天尊关圣帝君"，亦自有其必然性。必然就必然在历代封建王朝需要一个利于其巩固统治的忠义典型，而广大民众亦渴望有一个精神依归。且关羽确有其盖世军功和忠义特质，因缘辐凑，便是其不欲为圣也难矣。只是关公在天之灵对其后的飞黄腾达是否有知，知了又会作何感想，我就不得而知了。更有一点让我困惑的是，如今商家店铺，多有供奉关公神像的，而印象中关羽似非爱财之士，目其为武财神，不知其来何自？

历史事非，殊难定论；人物臧否，向来聚讼。而"滚滚长江东逝水，浪花淘尽英雄，是非成败转头空，青山依旧在，几度夕阳红"。正所谓存在的便是合理的，且不论它吧。您若有暇到邳州，夕阳晨晖之中，其生态城市的欣欣新貌及土山明清一条街和宏大的关帝庙，不可不看。关圣塑像、马迹亭、结义亭和钟鼓楼都修葺得有模有样，古风盎然。于此流连，发一番思古之幽情，不亦乐乎？

看火车

　　起先我木然地听着。这个黑苍苍的汉子显然有太多的哀怨与愁肠。但这样的人生司空见惯，已难让人共鸣。其内容一言可蔽之：贫贱夫妻百事哀：收入微薄，生计唯艰，夫妻失和、出路渺茫；又因母亲反对其婚姻而背井离乡多年，而今悉悔于中而又无法、无能弥补对母亲的不孝、对妻女的失责。电视台请来的嘉宾和旁听席或啧啧、或嘘嘘，或开导或怒斥，核心就是，你还年轻，不应该灰心丧气；你应该化压力为动力，不应该将火气撒向妻女。而汉子似乎更加委屈，嘴唇哆嗦了半响，两眼迸出泪花：我也明白这个理，所以我差不多每天都要去看火车。就是加班到晚上九点、十点，我也要到火车站去蹲上一两个小时……

　　旁听者一片哗然：看火车就能减压了吗？怪不得你老婆要猜嫌你！现在机会多得是，有那个时间做点什么不好？就是，摆个小摊也不无小补嘛……

　　我则倏地坐直了身子，心中起了阵莫名的悸动。因为我第一次发现，世上竟有人和我一样，也喜欢跑老远去看那轰轰来去而与自己毫不相干的火车。

当然，我这是许多年前的事了。正值文革时期，喇叭里充耳都是造反有理之类语录歌。父母轮番挨斗，家中数度遭抄；名义上是初中生却因"停课闹革命"而枯坐家中。"黑五类"大帽也压得我轻易不敢见人。心头却因无所事事而惶惶不可终日。一日忽念及父亲说过"不行就回山东老家种地"，心血来潮跑到火车站，看了半天列车时刻表不知所云，却被雄纠纠气昂昂的火车牵紧了神经。想到我或将乘长风飞回平安的故乡，心间颇觉温暖，却也缠了几分怅惘和留恋。此后我一觉愁闷就会到车站，久久痴望那远远延向苍茫地平线的铁轨，心头浮漾起丝丝遐想、片片冀望。真想就此扒上那一列列飞掠而过的车厢一走了之。恍惚中，铁轨的尽头似也缓缓升起，宛如直插云天的一溜天梯。天梯上的风光竟如此绮丽。云山雾海中，那些个亮晶晶的星辰原来都像嫣红晃眼的金苹果，缀满天庭……

汉子没说他为什么也爱看火车，但我知道他来自遥远的新疆。想来他对每一趟北来的列车都倍感亲切，对每一趟北去的列车也会满怀热望。我不知道这份难得的寄托对于他迷茫的心灵会有多少抚慰，但我确信这决非乖戾、变态或"浪费时间"；这是他于斯情斯境中能找到的最理想的解压和渲泄的方式。既于人无害，更比那些自暴自弃终日泡于网吧甚或作奸犯科的解压方式要强上百倍，我们怎么就不能予他一份毫不费心力的体谅呢？其实，有时候真要开导或受责的，恐怕是某些未曾挑过重担，又不去用心读懂别人却专擅隔靴搔痒的好为人师者。

说到这，不禁想起常在超市书柜前碰见的那几个蓬头垢面的民工。我发现他们久久翻看的多是些带注音的学生读物，几乎也从不会真买一本书回去。但我并不认为自己有轻看他们的权力。这无非也是他们的解压或渲泄方式吧。我为他们能于难得的辛劳之余，于困窘而陌生的它乡觅获这一种"高雅的"解压方式感到些许欣慰。

苏州面

我爱面食,尤喜面条。它可荤可素,有汤有物,吃起来可以鲸吞,爽快利落;也宜细品,滋味浓郁。而中国是个面点尤其面条最为发达的国度,各地的面条不仅风味各殊,制作方法上也五花八门,几乎一地(甚至一县一乡)有一地特色;什么担担面,刀削面,云吞面、打卤面、炸酱面、菜煮面,不一而足。国外有名的似乎只有个意大利空心面。那口味却是我不接受的,主要是奶酪味重。国内的面条我大多都爱吃。但如同人总有什么偏好一样,口味也是有感情偏向或定势在的,故一定要分个一二三的话,我会毫不犹豫把头名牌投给苏州的浇头面。

我这偏好首先来自童年的烙印。上世纪六七十年代,尽管国人皆贫,苏州的早点还是较丰富的,街巷附近都有几家糕团、馄饨、面条或烧饼油条铺子。其中,面店给我诱惑最大。因为我一度住在城东小巷百步街上。窗对面就是家生意兴隆的面店。每天我都在跑堂的"两两碗"、"一碗重青(多蒜叶),一碗宽汤(多汤水)"之类吆喝中醒来,而梦中早已不知在浸透了猪油蒜香的气息中吧嗒过多少回嘴了。以至对着自家的泡饭和青萝卜干,总不免恹恹地怅惘。毕竟那时的家境是不允许天天吃面的。《笑林广记》中，吝啬老头让一家子望着梁上鱼干佐餐，其实不太离谱。我就常常深嗅着窗外的面香味下饭。偶而父亲用钢精锅装回些面条，也主要是哄几个孩子的馋虫的。我记不得那时吃过浇头面，总是光面即所谓阳春面。就这样，那份狼吞虎咽连汤也喝个精光的口感，至今记忆犹新。以至来南京30多年了，夜来胃里嘈杂，尽管方便面饼干之类点心多的是，我总会垂涎不已地叹一声：能来碗苏州面就好了。不必浇头，阳春面也就OK了。所以，我现在只要回苏州，午餐必至附近"陆长兴"吃一碗最嗜的焖肉虾仁面。那焖肉可谓苏州面独家秘器，我在别处从没吃到过。看上去硬挺挺肥瘦兼备的一方白肉，一入热汤便化作酥油般绵软，那份香糯，根本不用嚼，吸溜一下就下了肚。

可见苏州面确有令人馋恋之特质。特就特在色香味俱佳。汤色清亮而分外鲜美，面条则细密绵长，软而不烂。捞在碗里也自有一份美感，起面的师傅那长竹筷一折一迭，齐整整地活像个大花结。浇头即卤菜也花样繁多，焖肉、曝鱼、鳝糊、炒肉、大排、素浇，不下一二十种，价格从5元左右到20元左右不等。还有小盅盛的嫣红的辣油，小碟装的细细的姜丝，几毛钱一份，任君取择。难怪鱼米之乡的吴地人也食面成风。讲究者如陆文夫的《美食家》中，朱自冶每天要赶早到"朱鸿兴"去吃头汤面。一般人，你到那些面馆看看，传统老店如朱鸿兴、陆长兴、绿阳之类不说，就是新兴的"东吴"之类的分号也遍布全城，中午也食客盈门。我常纳闷，何以别地就少见中午也专营面点的馆子，会有这么好的生意？如果到南京开个苏州面馆，想必也生意兴隆吧？实际上早有人实践这想法，如南京珠江路和新街口甚至江宁胜太路边都曾有苏州面馆。我也专程去品尝过。局面远不似我想象的红火。江宁那家没多久就主营起快餐米饭来。此真所谓桔过淮则变枳吗？是，又不完全是。面条也是种文化，而文化的形成非一朝一夕或单一原因。总有什么近乎神秘的东西在决定其兴与衰。苏州面是苏州特有的文化、风俗之产物，离了这环境或文化圈，难免就异化或式微。如同担担面在苏州形不成气候，苏州人的胃口显然也没法让别地人轻易接受。好在我们这个老大国度也理应多一些特色，就让各种食文化长期共存，相辅相成，不亦快哉？

至若我对苏州面的钟情，多半也因为，心底还活着份故乡情结在吧？